दस प्रतिनिधि कहानियाँ

खुशवंत सिंह

किताबघर प्रकाशन
नयी दिल्ली

खुशवंत सिंह

10

दस प्रतिनिधि कहानियाँ

प्रकाशक

किताबघर प्रकाशन

4855-56/24, अंसारी रोड, दरियागंज, नयी दिल्ली-110002

फोन : 011-23266207, 23255450, 23271844

E-mail : kitabgharprakashan@gmail.com • kitabghar_prk@yahoo.com
website : www.kgpbooks.com

संस्करण : 2018

अनुवाद : उषा महाजन

मूल्य : एक सौ पचास रुपये

मुद्रक : बी०के० ऑफसेट
नवीन शाहदरा, दिल्ली-110032

DAS PRATINIDHI KAHANIYAN : Khushwant Singh (*Stories in Hindi*)
Translated from English into Hindi by Usha Mahajan
Price : ₹ 150
ISBN—978-81-7016-376-3

भूमिका

यदि मन्नू भंडारी के कथ्य को प्रतिमान मान लें कि किसी लेखक की प्रतिनिधि कहानियाँ वे होती हैं जिनके साथ जाने-अनजाने लेखक-मन का कोई तार जुड़ा होता है, तो इस संग्रह में संकलित दस कहानियाँ सही अर्थों में खुशवंत सिंह की प्रतिनिधि कहानियाँ हैं । 'रसिया' को छोड़ इनमें से सभी कहानियाँ बँटवारे से पहले लाहौर और बाद में इंगलैंड एवं कनाडा प्रवास के दौरान हुए उनके अनुभवों पर आधारित हैं । 'रसिया' सन् 70 में लिखी गई जब वे बंबई में परिवार से दूर अकेले रहते हुए 'इलस्ट्रेटेड वीकली' का संपादन कर रहे थे ।

अपने संस्मरणों में वे लिखते हैं–'विवाह के बाद मेरे पिता ने मुझे लाहौर हाई कोर्ट के पास रहने के लिए घर और दफ्तर किराए पर ले दिया । पर महीनों तक जूझने के बाद भी मुझे अपने ही बलबूते पर लड़ने के लिए एक भी मुकदमा नहीं मिला । कई बार तो मैंने मात्र सोलह रुपए रोजाना पर कत्ल के ऐसे मुकदमे भी ले लिए जिनको लड़ने के लिए कोई भी वकील राजी नहीं होता था । वकालत से मैं उकताने लगा था । अचानक ही मेरा मन अंग्रेजी कविता और क्लासिकों को पढ़ने में रमने लगा…।'

बँटवारे के बाद उन्होंने वकालत के धंधे से तौबा की और भारत सरकार के राजनयिक पद पर लंदन और बाद में ओटावा में नौकरी करने लगे । लेकिन लंदन और ओटावा दोनों जगह अपने ऊपर के अफसरों की घटिया मनोवृत्ति से वे इतने क्षुब्ध हुए कि मन की भड़ास निकालने का उन्हें एक ही जरिया दिखा और वह था लेखन । वे आगे लिखते हैं–'लाहौर और ओटावा में हुए अनुभवों पर आधारित मेरा पहला कहानी-संग्रह 'मार्क ऑफ विष्णु' सैटर्न प्रेस से प्रकाशित हुआ । इसको काफी प्रसिद्धि मिली और इसके साथ ही मैंने बड़ी गंभीरता से लेखन को अपनी जीविका का साधन बनाने का निश्चय किया ।'

तो कहानी ही वह विधा थी जिसमें खुशवंत सिंह ने सर्वप्रथम अपनी कलम आज़माई ।

'रेप' और 'नास्तिक' कहानियाँ उनके लाहौर के वकालत के दिनों से जुड़ी हैं । 'कर्म' और 'ब्रह्म-वाक्य' आजादी से पहले के भारत की गुलाम मानसिकता की प्रतिछवियाँ हैं । 'दादी माँ' की दादी, जाहिर है कि खुशवंत जी की अपनी ही दादी हैं जो हडाली में उनके बचपन के दिनों की अकेली साथी थीं । बाद में, माता-पिता के पास दिल्ली आने पर अनेक कमरों वाली आलीशान कोठी में भी वे अपनी दादी के साथ एक ही कमरे में रहते रहे ।

'काली चमेली' के बैनर्जी की संवेदनशीलता की परिकल्पना खुशवंत सिंह जैसा सहृदय व्यक्ति ही कर सकता था।

इस संकलन की सभी कहानियाँ उनके तीन अंग्रेजी संग्रहों—'दि मार्क ऑफ विष्णु एंड अदर स्टोरीज' (सैटर्न प्रेस, लंदन, 1950), 'दि वायस ऑफ गॉड एंड अदर स्टोरीज' (जैको, बंबई, 1957) तथा 'ए ब्राइड फॉर दि साहिब एंड अदर स्टोरीज' (हिंद पॉकेट बुक्स, दिल्ली, 1967) से ली गई हैं।

ये अनूदित कहानियाँ पाठकों को मौलिक रचना का-सा रसास्वादन दे सकें, इसी कामना के साथ,

नई दिल्ली

—उषा महाजन

कहानी पर

कौन कहता है कि कहानी का अंत हो चुका है ?

भारत में तो अभी-अभी इसका पुनर्जन्म हुआ है और साहित्यिक पंडितों के अनुसार इसकी जन्मपत्री में लिखा है कि इसकी उम्र बहुत लंबी और समृद्ध होगी ।

अन्य अनेक विकासशील देशों की तरह भारत में भी कागज की उपलब्धता और प्रिंटिंग की तकनीक शुरू होने से पहले साहित्य की दो ही विधाएँ प्रचलित थीं—एक कविता और दूसरी लोक-नाट्य । इन दोनों विधाओं का माध्यम अलिखित था । रचनाओं को कंठस्थ कर पीढ़ी-दर-पीढ़ी आगे बढ़ाया जाता था । सामान्य जन में शिक्षा का प्रसार होना तो अभी हाल ही की घटना है ।

कविता और लोक-नाट्य के बाद जो एक और विधा लोगों में लोकप्रिय थी, वह थी 'लतीफा' या 'दंतकथा' । थोड़े से शब्दों में कोई शिक्षा या संदेश देने का माध्यम होती थीं ये कथाएँ जिनका अंत हमेशा एक ऐसी पंक्ति से होता था जिसमें कथा का सार छुपा होता ।

उपन्यास विधा से तो हमारा परिचय अंग्रेजों ने कराया । उन्नीसवीं सदी के अंत और बीसवीं सदी के आरंभ में यह परिदृश्य बदलने लगा । अब कविता का सिंहासन डोलने लगा था, यद्यपि कवि-सम्मेलनों की लोकप्रियता बरकरार रही । अधिकतर लोगों को किताबों में छपी कविताओं में उतनी रुचि नहीं रह गई थी । लोक-नाट्य की लोकप्रियता भी जाती रही थी क्योंकि न तो उनके लिए समुचित थिएटर थे और न ही व्यावसायिक कलाकार । केवल धार्मिक तरह के नाटक ही खुले रंगमंचों पर खेले जाते थे ।

भारत में भी अब लेखकों ने उपन्यास लिखने शुरू कर दिए थे, लेकिन वे इस विधा में उतने सहज नहीं थे । साहित्य की एक ही ऐसी विधा थी जिसकी जड़ें हमारी परंपरा में निहित थीं और जो प्रिंटिंग माध्यम से मिले विस्तृत अवसर तथा लोगों की साहित्य के प्रति बढ़ती रुचि का लाभ उठाते हुए फूल-फल सकती थी और वह थी—कहानी । कुछ वर्षों तक इसका केवल एक ही प्रतिद्वंद्वी रहा—कविता । किंतु पिछले दशकों में कहानी ने कविता की लोकप्रियता पर विजय पा ली । उसका एक कारण यह भी था कि जहाँ कहानी का सटीक अनुवाद किया जा सकता है, कविता का हूबहू अनुवाद नहीं हो सकता ।

आज भी हमारी कुछ सबसे अच्छी कहानियाँ उन लेखकों के द्वारा लिखी जाती हैं जिनके नाम से ज्यादा लोग परिचित नहीं होते और ये कहानियाँ ऐसी अज्ञात, दीन-हीन पत्रिकाओं में छपती हैं जो अपने लेखकों को कोई पारिश्रमिक नहीं देतीं । ऐसी कहानियों पर चर्चा होने और

इनका अनुवाद होने में लंबा समय लग जाता है। लेकिन इसमें कोई शक नहीं कि भारत की सभी बड़ी चौदह भाषाओं में लिखी जा रही कहानियों का स्तर समान रूप से ऊँचा है और उनकी लोकप्रियता बेजोड़ है। मैं कुछ उदाहरणों के साथ स्पष्ट करूँगा। पिछले सौ वर्षों में भारतीय मानस पर प्रभाव डालने वाली दो मुख्य बातें रहीं। एक तो देश पर अंग्रेजों का राज और दूसरी, भारत का विभाजन। ब्रिटिश राज और मुल्क के बँटवारे को लेकर उपन्यास, कहानी, नाटक तथा कविता—सभी विधाओं में अथाह लेखन हुआ और इन दोनों विषयों पर लिखे उपन्यासों, कविताओं अथवा नाटकों के मुकाबले कहानियाँ ही अधिक सफल रहीं।

प्रेमचंद ने 'राज' और देश के अधोपतन को लेकर अनेक उपन्यास लिखे, लेकिन उनमें से किसी में भी वे गुलामी के मनोवैज्ञानिक प्रभाव को उस रूप में रेखांकित नहीं कर पाए जैसा कि उन्होंने अपनी कुछेक पृष्ठों की कहानी 'त्यागपत्र' में किया।

कहानी एक विनम्र किस्म के बाबू (क्लर्क) को लेकर है जो एक मंदबुद्धि और क्रूर अंग्रेज की फर्म में काम करता है। अंग्रेज मालिक का यह रोज का नियम है कि वह अपने मुलाजिमों के साथ अशिष्टता से पेश आता है। बेचारे कर्मचारी साहब की अभद्रता को अपनी नौकरी की शर्त के रूप में स्वीकार करते हुए चुप रहते हैं। लेकिन उस बाबू की पत्नी के मन में अपने पति की छवि किसी 'हीरो' की-सी है और वह सोचती है कि यद्यपि बाकी के मुलाजिम साहब से डरते हैं, उसका पति साहब की कोई परवाह नहीं करता। हर शाम जब वह घर लौटता है, तो पत्नी पूछती है कि दफ्तर में क्या-क्या हुआ और वह हर दिन उसे लोगों के साथ किए साहब के अशिष्ट व्यवहार के किस्से बताता है। पत्नी एक दिन उससे कहती है, "तुम ही क्यों नहीं एक दिन साहब का दिमाग ठिकाने लगाते ?" वह बड़े रोब से हामी भरते हुए पत्नी को कहता है कि वह निश्चय ही किसी दिन यही करेगा। इस तरह बाबू हर दिन दोहरी जिंदगी जी रहा है। दफ्तर में रिरियाते हुए साहब की चाटुकारी करना और घर पर पत्नी के सामने शेखी बघारना कि वह उससे बिल्कुल नहीं डरता। चरम सीमा तो उस दिन आती है जब साहब नशे में धुत हुआ दफ्तर आता है और अपना सारा कहर उस बाबू पर निकालता है। घर आकर बाबू पत्नी को वह घटना घुमा-फिरा कर सुनाने की कोशिश करता है, पर अपने भीतर चल रहे मानसिक द्वंद्व से वह जूझ नहीं पाता, पत्नी उसकी मानसिक अवस्था से बेखबर उसकी बातें सुनती गौरवान्वित होती रहती है कि उसका पति कितना बहादुर है। पत्नी उसका खाना परोस रही होती है, तभी बाबू के मन में न जाने क्या आता है कि वह तय कर लेता है—जिस तरह की डींगें वह अपनी पत्नी से हाँक रहा है, क्यों न वास्तव में वही कर दिखाए। और वह अपना खाना छोड़ छाता उठा कर दफ्तर की तरफ दौड़ पड़ता है। देखता है कि साहब अभी भी नशे की अवस्था में ही हैं। बाबू उसकी मेज पर अपना इस्तीफा दे पटकता है और अपने छाते से साहब के सिर पर ठोंक मारता है। अब वह बड़े जोश से घर की ओर मुड़ता है जहाँ उसकी बीवी खाने की थाली लिए प्यार से उसका इंतजार करती बैठी है।

देश का बँटवारा, जिसके दौरान पाँच लाख से भी ज्यादा लोगों की जानें गईं और एक

करोड़ लोग बेघर हुए, बाद के अनगिनत उपन्यासों की विषयवस्तु बना। यहाँ भी बाजी एक बिल्कुल बेतुकी और मनघड़ंत कहानी ने ही मार ली। वह कहानी है मंटो की 'टोबा टेकसिंह'। दृश्य है लाहौर के एक पागलखाने का। समय विभाजन से कुछ महीने बाद का, जब शरणार्थियों का आना-जाना, जमीन और संपत्ति का आदान-प्रदान निबट चुका था। केवल दोनों तरफ के पागलों की अदला-बदली बाकी थी। उच्चस्तरीय सरकारी पर्यालोचन के बाद निर्णय लिया गया था कि दोनों तरफ के पागलों की एक विशेष दिन (वर्ष का सबसे ठंडा दिन) सीमा पर ले जाकर अदला-बदली कर दी जाएगी। लाहौर के पागलखाने में कई दिनों से केवल पाकिस्तान बनने पर ही बातचीत हो रही थी। एक मुसलमान पागल अपने आपको जिन्ना समझने लगा था और वह पाकिस्तान को जायज करार देते हुए भाषण देता था। एक सिख पागल अपने आपको मास्टर तारा सिंह समझ पाकिस्तान बनने के खिलाफ बोलता था। लेकिन एक ऐसा पागल भी था जो ज्यादातर पेड़ पर चढ़ा बैठा रहता था और अपने आप को ईश्वर समझता था और सोचता था कि वही अंततः घटनाओं का रुख मोड़ने में सफल होगा। कहानी का नायक है बिशन सिंह जो उस पागलखाने में सालों से था। उसकी केवल एक ही चिंता थी कि उसका गाँव टोबा टेकसिंह जहाँ उसकी बेटी रहती थी, कहाँ पड़ा था, पाकिस्तान में कि हिंदुस्तान में ! वह उक्त दोनों नेताओं और ईश्वर बने पागल से पूछता, पर कोई उसे संतोष-जनक जवाब न देता। आखिरकार वह दिन भी आता है जब हिंदू और सिख अपने मुसलमान मित्रों से विदा लेकर सीमा की ओर ले जाए जाते हैं। सारे रास्ते भर बिशन सिंह सभी से एक ही बात पूछता जाता है कि टोबा टेकसिंह किधर पड़ता है। किसी ने भी उसके इस अज्ञात गाँव का नाम नहीं सुना होता। सभी पागल उस कड़ाके की ठंड में सीमा की चौकी पर देर तक इंतजार करते बैठे रहते हैं। बिशन सिंह बार-बार उनसे यही पूछता रहता है कि टोबा टेकसिंह कहाँ पड़ता है। अंततः सर्दी से ठिठुरता हुआ वह हिंदुस्तान में प्रवेश करता है। यहाँ आने पर एक हिंदुस्तानी सिपाही से पूछने पर उसे पता चलता है कि टोबा टेकसिंह तो पाकिस्तान में चला गया। बिशन सिंह वापस मुड़ कर पाकिस्तान की तरफ भागने की कोशिश करता है और दोनों देशों के बीच की जमीन पर अपना दम तोड़ देता है।

इस पागलपन और वीभत्सता के परिवेश में नफरत की उन्माद भरी आग से अलग हुए लोगों की त्रासदी को मंटो ने कॉमेडी का जामा पहना कर प्रस्तुत किया है। विभाजन पर शायद ही इससे चुटीली कोई और रचना मैंने कहीं पढ़ी हो।

कहानी का प्रचलन पश्चिम में अब नहीं रहा है, लेकिन भारत में यह फूल-फल रही है। इसका कारण यह है कि एक साहित्यिक विधा के रूप में इसके लिए कुछ निश्चित नियमों को लेकर चलना होता है। भारतीय लेखक इन नियमों का पालन करते हैं, जबकि आधुनिक यूरोपियन और अमेरिकी लेखक ऐसा नहीं करते।

इसके नियम यद्यपि एकदम अटल तो नहीं, कि तोड़े ही न जा सकें, लेकिन फिर भी जो अपने विचार कहानी की विधा में व्यक्त करना चाहते हैं, उन्हें अग्रलिखित बातों का ध्यान

रखना चाहिए—

1. कहानी को छोटा होना चाहिए। व्यक्तिगत रूप से मैं सलाह दूँगा कि इसकी शब्द-सीमा 3500 शब्दों से अधिक न हो।
2. कहानी किसी एक घटना अथवा अनेक घटनाओं वाले किसी एक विषय अथवा किसी एक चरित्र के इर्द-गिर्द बुनी होनी चाहिए।
3. इसे फंतासी के रूप में भी लिखा जा सकता है बशर्ते कि यह सच्चाई के दायरे में आती हो और कोई संदेश देती हो।
4. कहानी का एक निश्चित आदि, मध्य और अंत होना चाहिए।
5. बिच्छू की पूँछ में छुपे डंक की तरह इसका अंत ऐसा होना चाहिए जो कहानी का सारांश बता दे।

फिर भी इन नियमों का पालन व्यक्ति-व्यक्ति पर निर्भर करता है। मेरे खयाल से तो विश्व के महान लेखकों ने भी जाने-अनजाने इन नियमों का पालन किया है।

नई दिल्ली

—खुशवंत सिंह

क्रम

विष्णु का प्रतीक

"यह काले नाग के लिए है," तश्तरी में दूध उँडेलते हुए गंगाराम बोला, "मैं हर रात इसे दीवार वाले उस बिल के पास छोड़ आता हूँ और सुबह उठते ही यह सफाचट मिलता है।"

"हो सकता है बिल्ली पी जाती हो," हम बच्चों ने सुझाया।

"बिल्ली," गंगाराम ने विरक्ति में मुँह सिकोड़ा, "कोई बिल्ली उस बिल के करीब फटकती तक नहीं। वहाँ काला नाग रहता है। जब तक मैं उसे दूध देता रहूँगा, वह इस घर के किसी व्यक्ति को नहीं डँसेगा। तुम सब जहाँ चाहो, नंगे पैर घूमते रहो और जहाँ मर्जी आए, खेलते रहो।"

हमें गंगाराम के संरक्षण की कोई जरूरत नहीं थी।

"तुम एक बेवकूफ बुढ़ऊ ब्राह्मण हो," मैंने कहा, "तुम्हें इतना भी नहीं मालूम कि साँप दूध नहीं पीते ? कम-से-कम तश्तरी-भर दूध तो हर दिन वह पी ही नहीं सकता। हमारे अध्यापक ने हमें बताया था कि साँप कई-कई दिनों में सिर्फ एक बार ही खाता है। हमने एक घास वाला साँप देखा था, जिसने एक मेंढक को निगल लिया था। मेंढक कई दिनों तक उसके गले में गोली की तरह अटका रहा। तब जाकर वह किसी तरह घुल-घुलकर उसके पेट में पहुँचा। हमारी प्रयोगशाला में दर्जनों साँप मिथाइल वाली स्पिरिट में डूबे रखे हैं। क्यों, पिछले महीने ही तो अध्यापक जी ने सपेरे से एक साँप खरीदा था जो दोनों तरफ रेंग सकता था। इसका दूसरा सिर पूँछ की तरफ था। एक जोड़ी आँखें भी थीं उसमें। तुम मजा देखते जब उसको शीशे के जार में रखा गया था। प्रयोगशाला में कोई खाली जार था ही नहीं, सो अध्यापक ने उसे एक धारीदार विषैले नाग वाले जार में ही डाल दिया। चिमटों के साथ उसके दोनों मुँहों को पकड़कर टीचर ने उसे जार में छोड़ा था और तुरंत ही ढक्कन बंद कर दिया था। जार में तो उसने मानो तूफान ही ला दिया था। चक्कर मार-मारकर पहले वाले साँप को नोच-फाड़कर टुकड़े-टुकड़े ही कर दिया।"

पवित्र मन के गंगाराम ने जुगुप्सा और संत्रास से आँखें बंद कर लीं।

"तुम्हें किसी दिन इसका बदला चुकाना पड़ेगा, हाँ, जरूर चुकाना पड़ेगा।"

गंगाराम के साथ बहस करने का कोई फायदा नहीं था। अन्य हिंदुओं की भाँति वह भी ब्रह्मा, विष्णु और महेश की त्रिमूर्ति में विश्वास करता था। ब्रह्मा—संसार के जन्मदाता, विष्णु—उसके रक्षक और महेश—उसके संहारक। इन तीनों में विष्णु में उसकी सर्वाधिक आस्था थी। प्रतिदिन तड़के ही वह अपने अभीष्ट विष्णु की प्रतिष्ठा में माथे पर 'V' के आकार में चंदन

का तिलक लगाया करता था। वह ब्राह्मण था, लेकिन था निरा अनपढ़ और अंधविश्वासी। उसके लिए तो हरेक प्राणी मात्र ही पवित्र था, भले वह साँप हो, बिच्छू हो या फिर कानखजूरा। जब कभी उसकी नजर इनमें से किसी पर भी पड़ती वह तपाक से उन्हें सरका देता कि कहीं हम उन्हें मार ही न डालें। हमारे बैडमिंटन रैकटों की चोट से प्रताड़ित ततैयों को भी उठाकर वह उनके भग्न परों को सहलाने लगता। कभी-कभी उसे डंक भी लग जाते। पर उसका विश्वास फिर भी न डिग पाता। जंतु जितना ज्यादा भयानक होता, गंगाराम की उसकी अस्तित्व में उतनी ही अधिक आस्था होती। इसीलिए उसे सर्पों के प्रति श्रद्धा थी और सबसे बढ़कर तो अजगर के लिए, जो उसका काला नाग था।

"अगर कहीं तुम्हारा काला नाग दिखाई दिया तो हम उसे जरूर मार देंगे।"

"मैं तुम्हें हरगिज ऐसा नहीं करने दूँगा। इसने सौ अंडे दिए हुए हैं। अगर तुमने इसे मारा तो सारे अंडों से अजगर बन जाएँगे। पूरा घर अजगरों से भर जाएगा। तब तुम क्या करोगे ?"

"हम उन्हें जिंदा पकड़ लेंगे और बंबई भेज देंगे। वहाँ इन साँपों को दुहकर जहर काटने वाला सीरम बनाया जाता है। जिंदा अजगर का वे दो रुपया देते हैं। दो सौ रुपए तो हमारे यों ही बन जाएँगे।"

"तुम्हारे डाक्टरों के जरूर थन होते होंगे। पर साँपों के तो मैंने कभी नहीं देखे। लेकिन, खबरदार जो तुमने इनको छुआ तक। यह फनियर नाग है, समझे, फन वाला। मैंने इसे देखा है। पूरे तीन हाथ लंबा है। और जहाँ तक इसके फन की बात है," गंगाराम ने अपनी हथेलियों को खोला और सिर को डुलाते हुए बोला, "तुम खुद ही इसे कभी लॉन में बैठे धूप सेंकते हुए देखना, तभी जान पाओगे।"

"तुम कितने झूठे हो, तुमने खुद ही साबित कर दिया। फनियर तो नर होता है, मादा नहीं। फिर इसके सौ अंडे देने का सवाल ही नहीं उठता। अंडे फिर तुमने ही दिए होंगे !"

बच्चों की टोली कहकहे लगाकर हँसने लगी, "गंगाराम के ही अंडे होंगे। अब तो जल्दी ही हमें सौ गंगाराम देखने को मिलेंगे !"

गंगाराम के पास कोई जवाब नहीं बचा था। नौकर की तो नियति में ही होता है, निरंतर मुँह बंद कर दिया जाना। लेकिन घर के बच्चों द्वारा दिन-रात मजाक का पात्र बनाया जाना गंगाराम के लिए भी अब असहनीय हो गया था। वे आए दिन उसे नीचा दिखाने की नई-नई विषैली युक्तियाँ ढूँढ़ा करते। वे कभी अपने धर्मग्रंथों को नहीं पढ़ा करते थे। महात्मा गांधी जो अहिंसा के विषय में कहते, उसकी भी उन्हें परवाह नहीं थी। बंदूकें लेकर चिड़ियों को मारते फिरना या फिर मिथाइल-स्पिरिट के मर्तबानों में साँपों को डुबाना, बस यही आता था उन्हें तो। जीवन की पवित्रता में गंगाराम का विश्वास भी अडिग रहा। वह साँपों को खिलाता-पिलाता था और उनकी रक्षा करता था, क्योंकि उसकी नजर में ईश्वर के बनाए तमाम जीवों में ये ही सर्वाधिक जघन्य प्राणी थे। अगर हम इन्हें मारने के बदले इन्हें प्यार कर सकें, तभी ईश्वर में

हमारी सच्ची आस्था होगी ।

गंगाराम कौन-सी विचारधारा को सिद्ध करना चाहता था, यह तो उसके लिए भी अस्पष्ट था । अपनी आस्था सिद्ध करने को उसके लिए इतना ही काफी था कि रोज रात को दूध-भरी तश्तरी बिल के पास रख दे और सुबह होते ही इसे सफाचट हुआ देख ले ।

एक दिन हमने काले नाग को देख लिया । बरसात अपने जोरों पर थी । रात-भर बारिश होती रही थी । ग्रीष्म ऋतु के झुलसाते सूरज की गर्मी में तपी सूखी झुलसी धरती में मानो एक नया ही जीवन उमड़ आया था । छोटे तालाबों में मेंढक टर्राने लगे थे । कीचड़ भरी जमीन पर कीड़े-मकौड़े, कानखजूरे और मखमली सोन-पंखियाँ रेंगने लगी थीं । घास उगनी शुरू हो गई थी । केलों के चिकने पात हरे-भरे होकर चमकने लगे थे । काले नाग के बिल में पानी भर आया था । उसका चमकीला काला फन सूरज की धूप में और भी चमक रहा था । नाग काफी बड़ा था—कोई 6 फुट लंबा रहा होगा । गोलाकार और मांसल—मेरी कलाई की तरह ।

"लगता है यह अजगर नागराज ही है । चलो इसे पकड़ें ।"

काले नाग को हमने ज्यादा मौका नहीं दिया । जमीन फिसलन भरी थी । सारे बिल और गटर पानी से भरे पड़े थे । मदद के लिए गंगाराम भी घर पर नहीं था ।

उसे खतरे की भनक भी लग पाती, इसके पहले ही बाँस के डंडे हाथों में लिए हमने उसे घेर लिया । जब उसने हमें देखा, उसकी आँखों से मानो अंगारे फूट रहे थे । वह फुफकारते हुए चारों ओर थूक उगलने लगा । तभी मानो बिजली की-सी फुर्ती से काला नाग केले के कुंजों की ओर लपका ।

जमीन कीचड़ भरी थी । तह रुकते-पड़ते सरक रहा था । अभी वह पाँच गज भी आगे नहीं बढ़ पाया था कि एक लाठी उसके बीचोबीच आकर पड़ी और बेचारे की पीठ टूट गई । चारों ओर से इस कदर प्रहारों की बौछार हुई कि वह काले-सफेद रंग की पिचपिची लुगदी में ही परिणत होकर रह गया । खून और मिट्टी से वह लथपथ हो गया था, लेकिन उसका सिर अभी भी सलामत था ।

"इसके सिर को मत कुचलना," हम में से एक चिल्लाया, "हम इस काले नाग को स्कूल ले जाएँगे ।"

सो हमने कोबरे के पेट के नीचे बाँस का डंडा डाला और उसे डंडे के सिरे पर टाँग लिया । बिस्कुट के एक बड़े-से खाली कनस्तर में उसे डाला और कनस्तर को रस्सी से अच्छी तरह बाँध दिया । फिर टिन के उस डिब्बे को हमने एक चारपाई के नीचे छिपा दिया ।

रात को मैं गंगाराम के आसपास मँडराता रहा कि कब वह दूध से भरी तश्तरी लेकर आए । आखिर मुझसे न रहा गया, मैंने उसे पूछ ही लिया, "आज तुम काले नाग के लिए दूध नहीं ले जाओगे क्या ?"

"हाँ, ले जाऊँगा," गंगाराम ने चिड़चिड़ाते हुए जवाब दिया, "तुम जाओ न सोने !"

वह इस विषय पर और अधिक तर्क-वितर्क करना नहीं चाहता था ।

"उसे अब और इस दूध की जरूरत नहीं पड़ेगी ।"

गंगाराम ठिठका, "क्यों ?"

"ओह ! नहीं, कुछ नहीं । इतने मेंढक हैं चारों ओर । उसे तुम्हारे दूध से उनका स्वाद कहीं ज्यादा भाता होगा । तुम दूध में चीनी भी तो नहीं मिलाकर देते ।"

दूसरे दिन गंगाराम दूध की भरी-भराई तश्तरी लेकर वापस लौट आया । वह काफी खिन्न और उदास दिख रहा था । लगता था, उसे हम पर शक हो गया है ।

"मैंने तुम्हें पहले ही कहा था कि साँपों को दूध से ज्यादा मेंढक पसंद होते हैं ।"

हम लोग कपड़े बदलकर नाश्ता करने में जुटे थे । गंगाराम पूरे वक्त हमारे आसपास ही मँडराता रहा । स्कूल बस आई और कनस्तर को लेकर थोड़ी कठिनाई के साथ हम बस में चढ़ गए । जैसे ही बस चालू हुई, हमने गंगाराम को कनस्तर उठाकर दिखा दिया ।

"यहाँ है तुम्हारा काला नाग, इस बक्से में । बिलकुल सुरक्षित है । अब हम इसे स्पिरिट में डालने जा रहे हैं ।"

हमने देखा उसकी बोलती बंद हो गई है और छूटती बस को वह दीदे फाड़-फाड़कर देख रहा है ।

स्कूल में काफी उत्तेजना फैली हुई थी । हम चार भाइयों की टोली अपनी उद्दंडता के लिए मशहूर है, हमने एक बार फिर यह साबित कर दिखाया था ।

"कोबरा नागराज है !"

"छः फुट लंबा !"

"फणियर !"

कनस्तर हमने विज्ञान के अध्यापक के हवाले कर दिया । डिब्बा अध्यापक की मेज पर स्थापित था और हम इसी इंतजार में थे कि कब वे इसे खोलें और हमारे शिकार की सराहना करें ।

अध्यापक ऐसे अभिनय कर रहे थे मानो उन्हें इसकी कोई परवाह ही न हो । उन्होंने हमें कुछ सवाल देकर बैठा दिया । फिर सधे-सधाए हाथों से वे एक चिमटा और एक जार ले आए । जार में एक धारीदार करैत मटमैली मिथाइल स्पिरिट में डूबा पड़ा था । गुनगुनाते हुए उन्होंने कनस्तर की डोरी खोलनी शुरू की ।

जैसे ही डोरी ढीली पड़ी, डिब्बे का ढक्कन उछलकर खुल गया । गनीमत हुई कि वह अध्यापक जी की नाक पर नहीं पड़ा । वही काला नाग था । उसकी आँखें शोलों-सी दहक रही थीं । उसका फन तना हुआ था । बिलकुल अक्षत । जोर से फुफकारते हुए वह अध्यापक जी के मुख की ओर बढ़ा । अध्यापक जी हड़बड़ाकर अपनी कुर्सी पर पीछे की ओर उचके और लड़खड़ाकर गिर पड़े । वे फर्श पर पड़े थे और भय से पथराए हुए-से टकटकी लगाकर कोबरे को देख रहे थे । लड़के अपने डेस्कों पर चढ़कर जोर-जोर से रोने-चिल्लाने लगे ।

काले नाग ने अपनी लाल-लाल आँखों से कमरे के नजारे का मुआयना किया । उत्तेजित

होकर वह अपनी चिमटे-सी दोधारी जीभ लपलपाने लगा। क्रोधोन्मत्त नाग फुफकारते हुए स्वतंत्र होने की कोशिश करने लगा और कनस्तर से बाहर निकल वह गड़प्प की आवाज के साथ फर्श पर आ गिरा। उसकी पीठ कई जगह से टूटी हुई थी। बड़ी वेदना से उसने किसी तरह अपने आपको दरवाजे तक घसीटा। कमरे की चौखट पर पहुँच, एक नए मुकाबले के लिए अपने आप को तैयार करते हुए उसने अपना फन फैला लिया।

कक्षा के बाहर गंगाराम हाथ में तश्तरी और दूध का बर्तन लिए खड़ा था। जैसे ही उसने काले नाग को आते देखा, वह घुटनों के बल बैठ गया और तश्तरी में दूध उँडेलने लगा। दूध भरी तश्तरी को उसने दहलीज के पास रख दिया और प्रार्थना में हाथ जोड़, क्षमा-याचना करते हुए उसने अपना सिर नाग देवता के सामने भूमि पर झुका दिया। हताशा-मिश्रित क्रोध में फुफकारते और थूक उगलते हुए फणियर ने गंगाराम के मस्तक पर जहाँ-तहाँ डंक मार दिए। फिर बड़ी कठिनाई से, घिसटता हुआ-सा वह किसी गटर में जा घुसा और दृष्टि से ओझल हो गया।

दोनों हाथों से चेहरा थामे गंगाराम निढाल-सा हुआ जमीन पर गिर पड़ा। वह असह्य वेदना से तड़पता कराह रहा था। जहर तुरंत ही उसकी आँखों पर चढ़ गया था। चंद मिनटों में ही वह नीला-पीला पड़ गया और उसके मुँह से झाग आने लगा। उसके मस्तक पर रक्त की नन्ही बूँदें चमक रही थीं। अध्यापक जी ने उन्हें अपने रूमाल से पोंछा। नीचे चंदन से अंकित द्विभुजाकार तिलक उभर आया, जहाँ काले नाग ने अपने डंक मारे हुए थे।

कर्म

बात आजादी से पहले की है ।

रेलवे स्टेशन का पहले दर्जे का वेटिंग-रूम । सर मोहनलाल ने सामने लगे आईने में अपने आपको निहारा । उन्हें पूरा यकीन था कि आईना हिंदुस्तान में ही बना हुआ होगा, क्योंकि उसके पिछले हिस्से का लाल ऑक्साइड जगह-जगह से उखड़ा हुआ था, जिसके फलस्वरूप वह कई लंबी-लंबी लकीरों में पारदर्शी बना हुआ था । उस बदरंग आईने पर संरक्षक की-सी दयादृष्टि डालते हुए सर मोहनलाल बड़बड़ाए–

"तुम भी इस मुल्क की तमाम दूसरी चीजों की तरह किसी काम के नहीं हो; गंदे, निठल्ले और लापरवाह !"

आईने ने मुसकराकर जवाब दिया, "लेकिन साहब, आप फिकर न करें, आप बिलकुल दुरुस्त लग रहे हैं । प्रतिष्ठित और रोब-दाब वाले । इतना ही नहीं, आप खूबसूरत भी लग रहे हैं । ये करीने से छँटी आपकी मूँछें, लंडन की 'सैविल रो' में सिला आपका यह शानदार सूट, कोट के काज में टँका कॉर्नेशन का गुलाबी फूल, आपके शरीर से निकलती यू डी कोलन, टेलकम पाउडर और सुगंधित साबुन की मिली-जुली भीनी-भीनी गंध । कुल मिलाकर आप बहुत जँच रहे हैं, बिलकुल टिप-टॉप ।"

सर मोहनलाल का सीना गर्व से फैल गया । अपनी विदेशी 'बेलियल' नेकटाई को ठीक करते हुए उन्होंने कई बार शीशे में अपना मुआयना किया । आश्वस्त होकर आईने को अलविदा की और अपनी कलाई घड़ी पर नजर डाली । ट्रेन आने में अभी वक्त था । वे सोच रहे थे कि एक पेग आसानी से लिया जा सकता है ।

"कोई है ?"

वेटिंग-रूम के जालीदार दरवाजों में से सफेद वर्दी पहने एक बैरा तुरंत हाजिर हुआ ।

"एक छोटा," बैरे को आदेश देकर सर लाल पीने की तैयारी में जुट गए । करीब ही बेंत की एक लंबी-चौड़ी कुर्सी पर पसरकर पीते-पीते वे खयालों की दुनिया में खोने लगे ।

उनका सामान-असबाब प्रतीक्षालय की बाहरी दीवार के साथ सटाकर लगा दिया गया था । लक्ष्मी–यानी लेडी मोहनलाल सामान के बीचोबीच स्टील के एक स्लेटी बक्से पर बैठी पान चबाते-चबाते अपने आपको अखबार से पंखा कर रही थी । लक्ष्मी देखने में नाटी और जरा भारी-भरकम थी । उम्र होगी यही कोई पैंतालीस-छियालीस के आसपास । उसने लाल पाड़ की मैली-सी सफेद साड़ी पहन रखी थी । कलाइयाँ सोने की चूड़ियों से लदी थीं और नाक के एक तरफ

हीरे की लौंग चमक रही थी । वह बैरे से बतियाने में मशगूल थी । तभी सर लाल ने बैरे को भीतर बुला लिया । बैरे के भीतर जाने की देर थी कि लक्ष्मी ने बगल से गुजरते कुली को आवाज देकर रोका, "भैया, सुनो जरा, बताना तो जनाना डिब्बा कहाँ लगेगा ?"

अपनी पगड़ी को सिर पर सहारते हुए कुली ने स्टील का बक्सा उठाकर सिर पर रख लिया और प्लेटफार्म के आखिरी छोर की तरफ बढ़ने लगा, जहाँ पर आकर जनाना डिब्बा लगने वाला था । अपने पीतल के टिफिन कैरियर को उठाकर लेडी लाल भी उसके पीछे-पीछे चलने लगीं ।

रास्ते में अपने पानदान को भरने के लिए वह थोड़ा रुकी और फिर से कुली के साथ जा मिली । कुली ने बक्सा उतारकर नीचे रखा । लक्ष्मी फिर उस पर आसीन हो गई और कुली के साथ गपशप करने लगी—

"इन लाइनों पर क्या ट्रेनों में ज्यादा भीड़भाड़ होती है ?"

"अरे बीबी जी, भीड़भाड़ तो सगरी ट्रेनों में होत है । बाकिर आपको जनाना डब्बा में जगह जरूरे मिल जाई ।"

"तब तो हमको खाए-पिए के झंझट से अबहिन निबट जाना चाहिए ।"

लेडी लाल ने पीतल का टिफिन कैरियर खोला और गुड़ी-मुड़ी रोटियाँ निकालकर हाथ में ले लीं । आम के अचार की कुछ फाँकें भी निकाल लीं और खाने में जुट गईं । उसके सामने कूल्हों के बल बैठा कुली नीचे बिछी बजरी को उँगलियों से कुरेदता ट्रेन के आने का इंतजार करने लगा ।

"बीबी जी, अकेल्ला ही सफर कर रही हो का ?"

"अरे नाहीं भैया, हमारे साथ हमारे मालिक (पति) भी हैं । वेटिंग रूम में बैठे हैं । वो बहुत बड़े आदमी हैं । वजीर हैं वजीर । बैरिस्टर भी हैं । वो तो सिर्फ फर्स्ट किलास में ही सफर करते हैं । उनकी तो ट्रेनों में बड़े-बड़े अंग्रेज अफसरों से भेंट होती रहती है । हमारा क्या ? हम तो मूढ़-गँवई जनाना हैं । इसलिए भैया, हम तो अपना इहै जनाना इंटर-क्लास में ठीक रहत हैं," लक्ष्मी कुली के साथ बड़ी बेतकल्लुफी से बतियाने लगी । गपशप करने का उसे शौक भी था । और होता भी क्यों न ? घर में बातें करने को और था ही कौन ? उसके मालिक के पास उसके लिए वक्त ही कहाँ था ? लक्ष्मी घर की ऊपरी मंजिल पर रहती थी और पति रहते थे निचले तल्ले पर । जैसी अनपढ़-गँवार वह खुद थी, वैसे ही उसके रिश्तेदार भी थे । सर मोहन लाल को कभी उनका अपने घर आना-जाना नहीं जँचा । इसलिए रिश्तेदार कभी लक्ष्मी से मिलने आते भी नहीं थे । हुआ तो कभी वे खुद ही रात गए ऊपर पहुँच जाते । वह भी चंद मिनटों के लिए । अपनी इंगलिस्तानी हिंदी में वे उसको हुक्म देते, वह चुपचाप आज्ञाकारिणी की तरह हुक्म बजा देती । मकसद पूरा होते ही वे अपने कमरे में लौट जाते । दुर्भाग्य तो यह था कि इन रात्रिकालीन क्षणिक मुलाकातों का कोई नतीजा भी न निकला था । बाँझ की बाँझ रह गई थीं ये मुलाकातें भी ।

सिगनल गिर चुका था और ट्रेन के पहुँचने की सूचना देती घंटी बजने लगी थी। लेडी लाल ने जल्दी-जल्दी अपना खाना खत्म किया। अचार की गुठली को चाटते-चाटते वह उठ खड़ी हुई और हाथ-मुँह धोने को सार्वजनिक नल की ओर बढ़ चली। चलते-चलते उसने एक लंबा डकार छोड़ा। हाथ-मुँह धोकर साड़ी के छोर से पोंछते हुए वह फिर से अपने स्टील के ट्रंक पर बैठ गई। डकारते-डकारते वह मन-ही-मन पेट-भर खाना नसीब होने के बदले ईश्वर को धन्यवाद देती जा रही थी।

गाड़ी धुआँ उड़ाती हुई जा पहुँची। गाड़ी के आखिरी छोर पर गार्ड की वैन से जुड़ा जनाना डिब्बा ठीक लक्ष्मी के सामने आकर लगा। डिब्बा लगभग खाली नजर आ रहा था। बाकी की सारी ट्रेन ठसाठस भरी हुई थी। अपना भारी-भरकम शरीर सँभालती लक्ष्मी किसी तरह डिब्बे के अंदर दाखिल हो गई और खिड़की के पास वाली सीट पर पसरकर बैठ गई। साड़ी के पल्लू में बँधी गाँठ से दुअन्नी निकालकर उसने कुली को थमाई और उसे विदा किया। पानदान खोलकर उसने पत्तों पर चूना, कत्था, कटी हुई सुपारी और इलायची डालकर अपने लिए पान के दो बीड़े तैयार किए। पान ठूँसने से उसके दोनों गाल इस कदर फूल गए, जैसे दोनों तरफ दो रसगुल्ले रखे हों। फिर ठुड्डी को हथेली पर टिकाकर वह आराम से प्लेटफार्म पर आती-जाती भीड़ का नजारा देखने में जुट गई।

लेकिन ट्रेन के आगमन से सर मोहनलाल को किसी भी प्रकार की उत्तेजना नहीं हुई। वे उसी तरह निर्लिप्त भाव से स्कॉच की चुस्कियाँ लेते हुए आत्मचिंतन में खोए बैठे रहे। उन्होंने बैरे को आदेश दिया कि उनका सामान पहले दर्जे के डिब्बे में लगवाकर उन्हें खबर कर दी जाए। उत्तेजना, हड़बड़ी—जल्दीबाजी—यह सब निम्न कोटि के रहन-सहन की निशानियाँ हैं, जबकि सर लाल का पालन-पोषण बड़े संभ्रांत ढंग से हुआ था। इसलिए वे सभी काम करीने से, नियमपूर्वक करने के आदी थे। उन्होंने जीवन के पाँच वर्ष विदेश में बिताए थे। इन पाँच सालों में उन्होंने वहाँ की ऊँची सोसाइटी के तौर-तरीकों और आचार-व्यवहार को अच्छी तरह आत्मसात कर लिया था। वे शायद ही कभी हिंदुस्तानी में बात करते। अगर कभी करते भी तो लहजा अंग्रेजी का ही होता—ठीक जैसे अंग्रेज बोला करते थे—यानी कि कुछेक हिंदी के शब्द और वे भी अंग्रेजी उच्चारण के साथ। लेकिन उन्हें अपनी अंग्रेजी पर नाज था। होता भी क्यों नहीं ? आखिर ऑक्सफोर्ड-जैसी ऊँची शिक्षा-संस्था में वह (उनकी अंग्रेजी) परिमार्जित और परिष्कृत हुई थी। बातचीत करने का उन्हें शौक था। एक सुसंस्कृत अंग्रेज की भाँति वे लगभग हरएक विषय पर फर्राटे के साथ बोल सकते थे, विषय चाहे राजनीति हो, किताबें हों अथवा कोई व्यक्ति विशेष। लोग अक्सर तारीफ करते थे कि वे बिलकुल अंग्रेजों की तरह अंग्रेजी बोलते हैं। यह सुनकर वे फूले न समाते।

सर मोहनलाल को फिक्र हुई कि कहीं उन्हें अकेले ही सफर न करना पड़े। फिर खयाल आया कि यह तो सैनिक छावनी थी। कोई-न-कोई अंग्रेज अफसर तो रेलगाड़ी में जरूर ही मिल जाएगा। उन्हें तसल्ली हुई कि चलो सफर में कुछ-न-कुछ बातचीत तो होती रहेगी। उन्हें पूरा

यकीन था कि बातचीत के दौरान वे अपने सहयात्रियों को प्रभावित कर लेंगे । बातचीत के मामले में वे अन्य हिंदुस्तानियों से बिलकुल भिन्न थे । वे अंग्रेजों से बात शुरू करने की बेताबी कभी नहीं दिखाते थे । न तो वे कभी उनके साथ जोर-जोर से बोलते थे । बातचीत के दौरान दूसरों पर अपना मत थोपने की चेष्टा में लड़ने-झगड़ने पर भी कभी उतारू न होते । वे हमेशा तटस्थ होकर वास्तविकता के धरातल पर ही अविचल भाव से बातचीत करते थे ।

वे जब भी ट्रेन में सफर करते, खिड़की के पास वाले कोने में बैठ 'टाइम्स' की प्रति निकाल 'क्रॉसवर्ड पजल' पढ़ने लगते । या फिर अखबार को इस तरह मोड़ते कि देखने वाले को पता चल जाएगा कि वह 'टाइम्स' अखबार है । दरअसल 'टाइम्स' के कारण लोग उनकी तरफ आकर्षित भी होते थे । उसे पढ़कर समाप्त करने का उपक्रम कर वे जब भी 'टाइम्स' को तहाकर वापस रखते, तो कोई-न-कोई उसे पढ़ने के लिए अवश्य माँग लेता ।

सफर के दौरान वे एक और काम करते । हमेशा अपनी 'बेलियल' नेकटाई ही पहनते । कोई-न-कोई अंग्रेज सहयात्री तो देखेगा ही और फिर शुरू हो जाएगा बातों का सिलसिला, जो पहुँचेगा ऑक्सफोर्ड कालेज में बिताए सुनहरे दिनों की यादों तक । कितने ही मसले मिल जाएँगे बातचीत करने को—ऑक्सफोर्ड कालेज के मास्टरों, डॉनों (शिक्षक) और ट्यूटरों से लेकर बोट-रेसों और रगर-मैचों तक । अगर कभी 'टाइम्स' और 'नेकटाई' दोनों ही लोगों को आकर्षित करने में असमर्थ रहते, तो सर मोहनलाल बैरे को अंग्रेजी अंदाज में आवाज लगाते, "कोई है ?" और उसे अपने सामान में से स्कॉच की बोतल निकालने का आदेश देते । व्हिस्की को देख, कोई भी अंग्रेज उनकी ओर आकर्षित हुए बगैर न रह पाता । इतना ही नहीं, वे उन्हें अपने सोने के खूबसूरत सिगरेट केस में भरे अंग्रेजी सिगरेट भी पेश करने में कतराते नहीं । उनके अंग्रेज सहयात्री हैरान होकर सोचते, 'हिंदुस्तान में अंग्रेजी सिगरेट भला इन्हें कहाँ से मिले ?' कोई-कोई हिम्मत करके विनम्रतापूर्वक पूछते कि 'क्या वे एक सिगरेट ले सकते हैं ?' उन्हें कोई एतराज तो नहीं ? सर लाल को भला क्या एतराज होता ? वे आत्मगौरव में भरकर मुसकराकर इजाजत दे देते ।

यह सब करने का मकसद सिर्फ एक ही था कि उन्हें अंग्रेजों के साथ अपने प्यारे इंगलैंड के बारे में बातें करने का मौका मिल सके । हाय, वे पाँच साल कितने प्यारे थे जिनसे जुड़ी थीं अनगिनत यादें—स्लेटी बैगों और गाउनों की, स्पोर्ट्स ब्लेजरों और कोट-पतलूनों की, 'इंस ऑफ कोर्ट' में किए गए भोजनों की और पिकाडली की वेश्याओं के साथ बिताई रातों की । इंगलैंड में बिताए वे पाँच साल, हिंदुस्तान के गंदे, भद्दे लोगों में बिताए तमाम पैंतालीस सालों से कहीं ज्यादा कीमती थे । आखिर इन पैंतालीस सालों में याद करने लायक था ही क्या ? सफलता की सीढ़ी पर चढ़ने के लिए किए गए कितने ही कलुषित प्रयास ? अथवा अपने मकान की ऊपरी मंजिल पर स्थूलकाय, अनपढ़-गँवार, कच्चे प्याज और पसीने की गंध से बसाती लक्ष्मी से हुई रात्रिकालीन मुलाकातें और संभोग के वे चंद क्षण ?

बैरे ने सूचना दी कि उनका सामान इंजन के बराबर वाले पहले दर्जे के कूपे में रखा जा

चुका था। सर लाल की तंद्रा टूटी। वे सधी हुई चाल से चलते हुए अपने कूपे तक पहुँचे। डिब्बे को खाली देख कुछ परेशान हुए। एक लंबे निःश्वास के साथ एक कोने में बैठकर बार-बार पढ़ी 'टाइम्स' की प्रति को वे फिर से निकाल ले बैठे।

उन्होंने खिड़की से बाहर प्लेटफार्म पर नजर दौड़ाई। देखा कि दो अंग्रेज फौजी डिब्बों में झाँक-झाँककर खाली सीटें ढूँढ़ रहे थे। उनके चेहरे पर अकस्मात ही खुशी की एक लहर दौड़ गई। फौजियों ने पीठ पर अपने हैवरसैक (झोले) लटकाए हुए थे और वे लड़खड़ाते हुए चल रहे थे। वे फौजी निश्चय ही सेकंड क्लास में सफर करने वाले मुसाफिर हैं, सर लाल समझ गए थे, फिर भी उन्होंने मन-ही-मन तय कर लिया कि वे उन्हें अपने पास जगह दे देंगे और गार्ड को कहकर उन्हें अपने डिब्बे में बैठने की इजाजत भी दिला देंगे।

उन दोनों में से एक सैनिक ने उस आखिरी डिब्बे की खिड़की में झाँककर देखा। उसने कंपार्टमेंट में चारों तरफ नजर दौड़ाई और देखा कि सीटें खाली पड़ी थीं। उसने अपने साथी को आवाज लगाई, "हे बिल, कम हियर, यहाँ आओ, यहाँ।"

उसका साथी भी आ पहुँचा। भीतर झाँकते हुए उसकी नजर सर लाल पर पड़ी। "इस हब्शी को बाहर निकालो।" वह धीरे से अपने साथी से फुसफुसाया।

डिब्बे का दरवाजा खोल वे दोनों भीतर दाखिल हो गए और सर लाल को बाहर निकलने को कहने लगे। सर मोहनलाल स्तब्ध-से हो गए। मुसकराने की चेष्टा करते हुए वे उन्हें समझाने लगे कि उनकी सीट रिजर्व्ड है।

"रिजर्व्ड ?" बिल जोर से चिल्लाया, "जानता रिजर्व्ड ! हम आर्मी, फौज !" अपनी खाकी कमीज दिखाते हुए वह उन्हें धमकाने लगा, "एकदम जाओ ! गेट आउट !"

सर मोहनलाल ने अपने ऑक्सफोर्डी लहजे में उनका विरोध करने की कोशिश की, "आई से, आई से, श्योरली, माई सीट इज रिजर्व्ड। हमारा सीट रिजर्व्ड है।"

फौजी कुछ देर तो भौचक्के-से हुए देखते रहे। उन्हें लगा कि इस आदमी की बोली तो बिलकुल अंग्रेजों से मिलती है। लेकिन उस वक्त उन दोनों फौजियों को होश ही कहाँ था ? दोनों ने खूब जमकर पी रखी थी। गाड़ी छूटने में थोड़ी ही देर थी। इंजन ने सीटी भी मार दी थी और गार्ड हरी झंडी दिखा रहा था।

उन्होंने आव देखा न ताव। सर मोहनलाल का सूटकेस उठाया और प्लेटफॉर्म पर पटक दिया। उसके बाद थर्मस फ्लास्क, दूसरा सूटकेस, बिस्तरबंद, और उनका 'टाइम्स' अखबार—सब का वही हश्र हुआ ! सभी प्लेटफार्म पर एक के ऊपर एक जा पड़े। सर लाल गुस्से में थरथराने लगे, "यह क्या बेवकूफी है ? मैं तुम दोनों को अंदर न करा दूँ तो कहना। गार्ड, गार्ड !"

जिम और बिल को झटका लगा। यह तो सचमुच अंग्रेजों की तरह बोलता है। लेकिन कहाँ वे गँवार सैनिक और कहाँ 'किंग्स कालेज' की अंग्रेजी ?

जिम ने सर लाल के मुँह पर एक करारा थप्पड़ मारा और कहा, "कीप योर रडी माउथ शट। बकवास बंद कड़ो।"

इंजन ने एक और सीटी मारी और ट्रेन ने गति पकड़नी शुरू कर दी। फौजियों ने सर मोहनलाल को बाँह पकड़कर खींचा और ट्रेन के बाहर उछाल दिया। पीछे की ओर लुढ़कते हुए वे अपने बिस्तरबंद से टकराकर सूटकेस के ऊपर धड़ाम से गिरे।

उन्हें इतना सदमा लगा कि उनकी बोलती बंद हो गई और उनके पैर जैसे जमीन से ही चिपक गए। तेजी से गुजरती हुई ट्रेन की प्रकाशित खिड़कियों को वे एकटक घूरने लगे। गाड़ी का आखिरी डिब्बा अब उनके सामने से होकर गुजर रहा था। उसमें लाल बत्ती जल रही थी और खुले दरवाजे में गार्ड हाथ में झंडी थामे खड़ा था।

गार्ड के बगल वाले दूसरे दर्जे के जनाने डिब्बे में उनकी गोरी मोटी लक्ष्मी मजे से बैठी थी। उसके नाक की हीरे की लौंग स्टेशन की बत्तियों की जगमगाहट में और भी चमक रही थी। अपने फूले हुए मुँह में वह देर से पान की पीक जमा करती जा रही थी, ताकि गाड़ी के स्टेशन पार करते ही थूक दे। जैसे ही ट्रेन प्लेटफार्म के प्रकाशित हिस्से को पार कर अँधेरे में खड़े सर लाल के पास से गुजरी, जनाने डिब्बे की खिड़की से पान की पीक की लाल रंग की पिचकारी ही छूट पड़ी !

रेप

तारों भरे नीले आकाश को एकटक निहारता दलीपसिंह चारपाई पर निढाल पड़ा था । घुटनों तक चढ़ी लुंगी को छोड़ बाकी बदन नंगा था । फिर भी सारे शरीर से स्वेद-बिंदु मानो उमड़े पड़ रहे थे । दिन-भर धूप में सिंकी दीवारें गर्म भभके छोड़ रही थीं । उसने अभी-अभी घर की छत पर पानी का छिड़काव किया था, लेकिन असर सिर्फ इतना ही हुआ था कि मिट्टी और गोबर की भाप में बसी सोंधी गंध उसके नथुनों में भरने लगी थी । पानी पी-पीकर उसका पेट अफर आया था, फिर भी गला सूखा-का-सूखा ही रहा । तिस पर मच्छरों की चिरंतन भनभनाहट । कुछ उसके कानों के आसपास मँडराने लगे । कुछ जो उसकी गिरफ्त में आ गए, उँगलियों और हथेलियों के बीच मसले गए । कुछेक तो कर्णद्वार से भीतर ही हो लिए । ऐसे में तर्जनी से कानों को खोदते हुए, वह चिकनी-चुपड़ी दीवारों से सर टकरा देता । कुछेक जो दाढ़ी के बालों में घुसपैठिया बन बैठे थे, उन्हें तो उसने वहीं दबाकर शांत कर दिया । फिर भी कुछ ने मौका पाते ही उसकी रक्त-शिराओं में डंक गड़ा ही दिए । बेचारा खुजलाने और गलियाने के सिवा करता भी क्या ?

उसके और उसके चाचा के घर के दरमियान एक सँकरा-सा गलियारा था । चाचा की छत पर बिछी चारपाइयों की पंक्तियों को अपनी छत से वह सहज ही देख सकता था । एक किनारे पर उसका चाचा बंतासिंह हाथ-पैर पसराए ऐसे सोया पड़ा था मानो क्रूस पर टँगा पड़ा हो । खर्राटों के साथ-साथ उसकी तोंद ऊपर-नीचे हो रही थी । चारपाइयों के दूसरे सिरे पर औरतों का झुंड पंखे झलता हुआ आपस में धीरे-धीरे बतियाने में मशगूल था ।

दलीपसिंह की आँख नहीं लगी थी । वैसे ही पड़ा-पड़ा आकाश की ओर ताक रहा था । न तो उसके दिल में चैन था, न आँखों में नींद । उधर, दूसरी छत पर उसका चाचा—उसके पिता का भाई और हत्यारा—बेधड़क सो रहा था । उसके घर की औरतों के पास वक्त था छत पर बैठकर सुस्ताने और बतियाने का, जबकि खुद उसकी माँ रात के इस बीते पहर, बर्तनों को राख से रगड़ रही थी और आगामी दिनों का ईंधन जुटाने के लिए गोबर इकट्ठा कर रही थी । बंतासिंह को क्या था ? भाँग घोंटना और पड़े सोते रहना । नौकर-चाकर जो थे मवेशियों की देखभाल करने और खेत जोतने को ।

उसकी एक बेटी थी—बिंदो, काली-कजरारी आँखों वाली । काम-धाम कुछ था नहीं, जापानी सिल्क के कपड़े पहने इधर-उधर इतराते फिरने के सिवा । लेकिन दलीपसिंह के लिए था काम और सिर्फ काम ।

कीकर के पेड़ों में हलचल हुई । नर्म ठंडी हवा का एक झोंका छत के ऊपर से गुजरा और मच्छरों को अपने साथ उड़ा ले गया । लोगों को पसीने की चिपचिपाहट से राहत मिली । दलीप के गर्मी से झुलसे जिस्म को भी कुछ राहत महसूस हुई । पलकें नींद से बोझिल होने लगीं । बंतासिंह की छत पर औरतों ने भी पंखे झलना बंद कर दिया । अपनी चारपाई से सटी खड़ी बिंदो ने सिर को पीछे की ओर झटका दिया और गहरी साँस खींची, मानो तमाम ताजी ठंडी हवा को सीने में समा लेना चाहती हो । दलीप ने देखा कि उसने छत पर टहलना शुरू कर दिया है । अपनी छत से बिंदो ने गाँव के सारे आँगनों और छतों पर सोए निद्रामग्न लोगों का गुआयना किया । सभी गहरी नींद में सोए पड़े थे, कहीं कोई हलचल नहीं थी । वह अपनी चारपाई के पास जरूर रुक गई । घुटनों पर लटके कुर्ते के दोनों सिरों को दोनों हाथों से थाम चेहरे तक उठा लिया । कमर से लेकर गले तक उसका सारा जिस्म उघड़ गया था । ठंडी हवा उसके सपाट उदर और जवान सीने को अपने आवरण में भरने लगी थी । तभी किसी ने गुस्से में कुछ फुसफुसाया । एक झटके के साथ बिंदो ने कुर्ता नीचे कर लिया । वह अपनी चारपाई पर जा पड़ी और तकिए की गड्डमड्ड रेखाओं में मुँह छिपाकर लेट गई ।

दलीपसिंह को नींद कहाँ ? उसका दिल जोरों से धड़क रहा था । बंतासिंह का घिनौना आकार अब मनस्पटल से लुप्त हो गया था । उसने आँखें मूँद लीं और कल्पना करने लगा बिंदो की, जिसे तारों के प्रकाश में अभी-अभी देखा था । उसे चाहना हुई, सपनों में उसे पा लेने का आभास भी । बिंदो तो हमेशा ही उसके करीब आना चाहती थी । चाहती ही नहीं, याचना भी कर चुकी थी । दलीप ही कभी राजी न हुआ था । बंतासिंह उसका दुश्मन था और हमेशा उसे नीचा दिखाने की कोशिश में रहता था ।

दलीपसिंह की आँखें बंद थीं, पर वे किसी दूसरी ही दुनिया में खुल रही थीं, जहाँ बिंदो रहती थी । उसे प्यार करने वाली बिंदो, रूपसी बिंदो, लज्जा को ताक में रखे बिलकुल निर्वस्त्र बिंदो ।

अभी दिन चढ़ा भी न था कि माँ ने उसे कंधों से झकझोरा । ठंडे-ठंडे ही खेतों को जोतना भला है । रात की कालिमा अभी सलामत थी, तारे भी चमक रहे थे । उसने तकिए के नीचे तहा-कर रखी अपनी कमीज निकालकर पहन ली । उसकी निगाहें बगल की छत पर पहुँचीं । बिंदो बेखबर पड़ी सो रही थी ।

बैलों को हल में जोत दलीपसिंह खेतों की ओर चल पड़ा । वह गाँव की अँधेरी सुनसान गलियों से गुजर तारों तले चमकते अपने खेतों में जा पहुँचा था । उसे थकान-सी महसूस हो रही थी । बिंदो का खयाल अब भी दिलो-दिमाग पर छाया हुआ था ।

पूरब की ओर क्षितिज धीरे-धीरे स्याह से स्लेटी होता जा रहा था । आम्रकुंजों से उठती कोकिल की भेदभरी कूक खेतों में गुंजित होने लगी थी । करीब के कीकर-वृक्षों पर कौए भी धीरे-धीरे काँव-काँव करने लगे थे ।

वह खेतों को जोत रहा था, लेकिन मन तो कहीं और ही लगा हुआ था । बस हल को

थामे हुए पीछे-पीछे चला जा रहा था। खाँचे न तो सीधे पड़ रहे थे न ही गहरे। उषा की अरुणिमा में देखा, तो उसे अपने आप पर ही लज्जा हो आई। उसने अपने आप को संगठित करने की सोची। दिवा स्वप्न ! बस अब और नहीं। हल के नुकीले सिरे को धरती में गहरे गड़ा, बैलों को छड़ी की चोट पर जोर की हाँक लगाई। बैलों को धक्का-सा लगा। नथुने फड़फड़ाते, पूँछ हिलाते हुए वे गति पकड़ने लगे। धरती को चीरता हुआ हल दलीप के दोनों पैरों की तरफ मिट्टी के ढेले लुढ़काने लगा। एक खूँखार निश्चय के साथ उसने हल को जमीन में और गहराई तक धँसा दिया और देखने लगा—किस प्रकार हल का नुकीला सिरा, मानो विषयासक्त होकर, भरी-पूरी धरती में समा जाना चाह रहा था !

सूरज अपनी पूरी तेजी पर आने लगा था। दलीप ने जुताई रोक दी। बैलों को लेकर कुएँ पर पहुँचा। कुएँ पर छितराये पीपल के पेड़ की छाया में बैलों को खोल दिया। कई बाल्टियाँ पानी निकाल जी-भर स्नान किया और बैलों पर भी छींटे मारे। रास्ते-भर रिसते-टपकते बैलों को हाँकते हुए घर पहुँचा।

माँ उसका ही इंतजार कर रही थी। ताजी सिंकी रोटियों पर मक्खन तैरता पालक का साग डाल उसने दलीप को थमा दिया। साथ में लाई बड़े-से ताँबे के गिलास में मुँह तक भरी लस्सी। दलीप को बेहद भूख लगी थी, खाने पर टूट ही पड़ा। माँ पास बैठी-बैठी पंखा झलते हुए मक्खियों को हटाने में लगी थी। रोटी और पालक को उदरस्थ कर, उसने गिलास में भरी लस्सी भी गटक ली। चारपाई पर पड़ते ही नींद ने उसे घेर लिया। माँ अब भी पास बैठी उसे स्नेह-पूरित नयनों से निहारती हवा करती जा रही थी।

दिन का सोया दलीप दोपहर-भर यूँ ही पड़ा रहा। आँख खुली तो साँझ घिर आई थी। पानी की नालियाँ खोलने वह अपने खेतों को चल पड़ा। उसके और उसके चाचा बंतासिंह के खेतों के बीच पानी की एक नाली पड़ती थी। वह उसके किनारे-किनारे ही चलने लगा। चाचा के खेतों की सिंचाई तो काश्तकार ही किया करते थे। अपने भाई को कत्ल करने के बाद से बंतासिंह संध्या समय खेतों में आने से कतराता था।

दलीपसिंह अपने खेतों में पानी की नालियाँ खोलने में जुट गया। काम खत्म कर वह नदी के तट पर आ पहुँचा। हाथ-मुँह धोया और किनारे की घास पर बैठ बहते पानी में पैर डुबा माँ के आने का इंतजार करने लगा।

सामने फैली विस्तृत सपाट धरती के पार सूरज धीरे-धीरे नीचे उतरने लगा था। अर्धचंद्र के पार्श्व में साँझ का तारा भी चमकने लगा था। गाँव की ओर से कुएँ पर बैठी बतियाती औरतों का शोरगुल, खेलते हुए बच्चों की आवाजें और कुत्तों के भौंकने के समवेत स्वर अब उस तक पहुँचने लगे थे। दिन-भर की उड़ान से लौटी गौरैयाँ भी कोलाहल करते हुए अपने-अपने घोंसलों में व्यवस्थित होने लगी थीं। औरतों की टोलियाँ भी खेतों में आकर शौचनिवृत्त होने के लिए झाड़ियों के पीछे बिखरने लगी थीं। प्रक्षालन के लिए नदी-तट पर आकर वे फिर इकट्ठा हो गई थीं।

दलीप की माँ समयपाल से पानी देने की बारी का लकड़ी का टोकन लेकर आ गई थी। अब दलीप की पानी देने के बारी थी। टोकन उसे थमा वह पुनः मवेशियों की देखभाल के लिए लौट पड़ी थी। बंतासिंह के काश्तकार पहले ही जा चुके थे। दलीप ने बंतासिंह के खेतों की ओर का पानी का रास्ता जाम कर दिया और पानी का रुख अपने खेतों की ओर मोड़ दिया। अब वह तट की मुलायम ठंडी घास पर पसर गया और अपने जुते हुए खेतों में छलकते पानी को निहारने लगा। ऐसा लग रहा था मानो चाँद की छिटकती आभा में बहती हुई तरल चाँदी ही चमक रही हो। पीठ के बल लेटे वह आसमान को ताक रहा था। गाँव से आती मिली-जुली आवाजें रह-रहकर उसके कानों में पड़ रही थीं। बंतासिंह के खेतों से आती औरतों के बतियाने की आवाजें भी उसे सुनाई दे रही थीं। तभी अचानक चाँदनी-भरी खामोशी में मानो वह किसी और ही दुनिया में अवतरित होने लगा।

करीब से ही आती पानी के छींटों की आवाज ने उसकी तंद्रा तोड़ी। घूमकर देखा तो एक औरत कूल्हों के बल बैठी प्रक्षालन में निमग्न थी। शोधन के बाद उसने जमीन से मुट्ठी-भर मिट्टी उठाकर हाथों पर रगड़ी और बहती धारा में उन्हें धोने लगी। कुल्ला करके चेहरे पर भी अंजलि भरकर पानी के छींटे मारे। अपनी ढीली-ढाली सलवार को पैरों पर ही पड़ा छोड़ वह उठ खड़ी हुई। कुर्ते का सामने का निचला हिस्सा उठाकर वह मुँह पोंछने को झुकी।

दलीप ने देखा, यह तो बिंदो है ! एक अजीब-सी हवस भरी दीवानगी उस पर छाने लगी। वह कूदकर जलधारा के दूसरे कूल पर जा पहुँचा और बिंदो की ओर दौड़ने लगा। लड़की का चेहरा कमीज के आँचल में छुपा हुआ था। वह पलटकर पीछे देख पाती, इसके पहले ही दलीपसिंह ने उसे अपने बाहुपाश में बाँध लिया। घबराकर पीछे मुड़ी तो पल-भर में उसका चेहरा दलीप के कामसिक्त चुंबनों से आप्लावित हो गया। उसके मुख से चीख निकलने के पहले ही उसने अपने होंठों से उसके अधर सी दिए। नीचे बिछी नर्म घास पर उसे अवनत किया। बिंदो जंगली बिल्ली की तरह लड़ रही थी। दलीप की दाढ़ी को दोनों हाथों में उलझा वह उसके गालों को बर्बरता से नोचने लगी। उसने उसकी नाक को इतनी जोर से काटा कि लहू रिसने लगा। लेकिन वह जल्दी ही पस्त हो गई। अब और संघर्ष करने की सामर्थ्य उसमें नहीं बची थी, वैसे ही चुपचाप पड़ी रही। उसकी आँखें मुँदी हुई थीं। दोनों आँखों से बहती जलधारा काजल की रेखा को कानों तक बहा ले गई। पीली चाँदनी में वह बेहद खूबसूरत लग रही थी। दलीप के मन में पछतावा जाग उठा। बिंदो को दुखी करने की मंशा उसकी कभी नहीं रही थी। अपनी चौड़ी खुरदरी हथेलियों से उसने बिंदो के माथे को सहलाया और उसके बालों में उँगलियाँ फेरने लगा। झुककर प्यार से उसकी नाक पर अपनी नाक रगड़ दी। बिंदो ने अपनी लंबी कजरारी आँखें खोलीं और उसकी ओर सूनी-सूनी नजरों से ताकने लगी। दलीप ने उसके नयनों और नासिका को पुनः हल्के से चूम लिया। बिंदो की आँखों में झलक रहा था एक शून्य--जिसे न तो नफरत ही कहा जा सकता था, न ही प्यार। बिंदो की सूनी नजरें उस तक पहुँचीं। आँसुओं की एक और बाढ़ नयनों से बह निकली।

उसकी सखियाँ उसे पुकार रही थीं। उसने कोई जवाब नहीं दिया। उनमें से एक करीब आई। उसे उस हालत में देख उसने मदद के लिए बाकियों को हाँक लगाई। दलीपसिंह फुर्ती से उठा और जलधारा के दूसरे किनारे पर कूदकर अँधेरे में विलीन हो गया।

'क्राउन बनाम दलीपसिंह' के मुकदमे की सुनवाई पर मानो समूचा सिंहपुरा गाँव ही उमड़ आया था। अदालत का कमरा, बरामदा और पूरा-का-पूरा अहाता गाँव के लोगों से भर गया था। बरामदे के एक तरफ दो पुलिस वाले हथकड़ियों में जकड़े दलीपसिंह को घेरे खड़े थे। करीब ही उसकी माँ चेहरे को शाल की पर्तों में लपेटे उसे पंखा करती खड़ी थी। रोते-रोते वह अपनी नाक पोंछती जा रही थी। बरामदे के दूसरे सिरे पर बिंदो, उसकी माँ और कुछ औरतें घेरा बनाए खड़ी थीं। बिंदो भी रोती जा रही थी और नाक सुनकती जा रही थी। सबसे ज्यादा आकर्षण का केंद्र थी बंतासिंह और उसके यारों की टोली, जो हाथों में बाँस के डंडों के सहारे झुके लगातार फुसफुसाते हुए मंत्रणा करने लगे थे। दूसरे गाँव वालों के लिए भी वक्त बिताने को बहुत कुछ था। कोई ठेले वाले से मिठाइयाँ खरीद रहे थे, कुछ यायावर किस्म के तथाकथित कर्ण-विशेषज्ञों से कान साफ करा रहे थे। कुछ कामोत्तेजक किताबों के विक्रेताओं को घेरे एक-दूसरे को टहोके लगाते हुए हँस रहे थे।

सरकारी अभियोक्ता की मदद के लिए बंतासिंह ने एक वकील कर लिया था। वकील ने अभियोग पक्ष के सारे गवाहों को एक कोने में ले जाकर उनकी गवाही उन्हें रटा दी थी। प्रति-वादी वकील द्वारा पूछे जाने वाले सभी संभावित प्रश्नों से उन्हें अवगत करा दिया। उसने अदालत के अर्दली और क्लर्क से भी बंतासिंह को मिलवा दिया। सरकारी अभियोक्ता को अपने मुवक्किल से नोटों की एक गड्डी भी थमवा दी थी। न्याय की मशीनरी को पूरी तरह तेल लगा दिया था। दलीपसिंह अपनी प्रतिरक्षा में न तो कोई वकील ही मुकर्रर कर पाया था, न ही कोई गवाह।

अर्दली ने अदालत का दरवाजा खोला और मुकदमे की सुनवाई शुरू होने की घोषणा की। उसने बंतासिंह और उसके साथियों को भीतर घुसने की इजाजत दे दी। दलीपसिंह को सिपाहियों की निगरानी में भीतर लाया गया। पर उसकी माँ को अर्दली ने अंदर जाने से रोक दिया। वह उसकी मुट्ठी जो गर्म न कर सकी थी। जब अदालत के भीतर सब कुछ अनुशासित हो गया तो क्लर्क ने अभियोग के बारे में पढ़ना शुरू किया।

दलीपसिंह ने निर्दोष होने का दावा किया। मजिस्ट्रेट मिस्टर कुमार ने अभियोग से संबंधित सब-इंस्पेक्टर को बिंदो को हाजिर करने को कहा। शाल में चेहरा लपेटे बिंदो ने कठघरे में प्रवेश किया। अब भी वह नाक सुनके जा रही थी। इंस्पेक्टर ने उसके पिता और दलीप की दुश्मनी के बाबत पूछताछ की। फिर उसने बिंदो के कपड़ों को अदालत में पेश किया। अभियोग पक्ष की ओर से कहने को और कुछ बाकी नहीं था। सबूतों के साथ बिंदो की गवाही मुकदमे को

बिलकुल स्पष्ट और अकाट्य सिद्ध करती थी।

कैदी को कहा गया कि अपनी सफाई में उसे कुछ पूछना हो तो पूछ ले।

"मैं बेगुनाह हूँ, हुजूर !"

मि० कुमार व्यग्र हो रहे थे। बोले, "तुमने गवाहियाँ तो सुन ही ली हैं ? अगर तुम्हें लड़की से कुछ नहीं पूछना है तो मैं फैसला सुना दूँ।"

"हुजूर..., मेरे पास तो कोई वकील भी नहीं है। गाँव में ऐसा कोई यार भी नहीं जो मेरे वास्ते गवाही दे। गरीब आदमी हूँ, मालिक, लेकिन मैं बिलवुल बेकसूर हूँ।"

मजिस्ट्रेट को अब गुस्सा आ गया। उसने क्लर्क की ओर रुख किया, "लिखो, जिरह नहीं हुई।"

"लेकिन, हुजूर," दलीपसिंह गिड़गिड़ाया, "मुझे जेल भेजने के पहले जरा एक बार इस लड़की से पूछिए तो सही कि क्या वह रजामंद नहीं थी। मैं उसके पास गया था, क्योंकि वह खुद मेरे करीब आना चाहती थी। मैं निर्दोष हूँ।"

मजिस्ट्रेट ने फिर क्लर्क को संबोधित किया, "लिखो--अभियुक्त की ओर से जिरह--क्या लड़की अपनी इच्छा से दोषी के पास गई थी।" फिर उन्होंने बिंदो को संबोधित करते हुए पूछा, "जवाब दो, क्या तुम अपनी मर्जी से अभियुक्त के पास गई थीं ?"

बिंदो सिर्फ रोती रही और नाक सुनकती रही। एक अजीब-सा सन्नाटा अदालत में छा गया था। मजिस्ट्रेट के साथ-साथ तमाम भीड़ भी उसके जवाब का बेसब्री से इंतजार कर रही थी।

"तुम गई थीं कि नहीं, जल्दी जवाब दो। मुझे और भी काम निबटाने हैं।"

शॉल की अनगिनत तहों में चेहरा छुपाते हुए बिंदो ने जवाब दिया, "हाँ जी !"

दादी माँ

सभी की दादियों की तरह मेरी दादी माँ भी बूढ़ी थीं। पिछले बीस साल से मैंने उन्हें बूढ़ी ही देखा, झुर्रियों से भरे चेहरे वाली। लोगों से ही सुनता रहा कि वे कभी जवान थीं और खूबसूरत भी। यहाँ तक कि उनका एक पति भी था। पर मेरे लिए तो यकीन करना भी नामुमकिन था। मेरे दादा जी की तस्वीर बैठक में मेंटल-पीस के ऊपर टँगी रहती थीं। उन्होंने बड़ी-सी पगड़ी पहनी हुई थी और ढीले-ढाले कपड़े। उनकी सफेद लंबी दाढ़ी इतनी लंबी थी कि छाती तक पहुँचती। सौ साल के करीब तो वे लगते ही थे। ऐसा नहीं लगता था कि उनके बीवी-बच्चे भी होंगे। वे तो ऐसे दिखते थे जैसे बस हजारों-हजार नातियों-पोतियों के दादा जी हों। मेरी दादी माँ का खूबसूरत और जवान होने का तो खयाल ही भड़काने वाला लगता था।

दादी अक्सर हमें बतातीं कि बचपन में वे कौन-कौन से खेल खेला करती थीं। सुनने में बिलकुल बेतुका-सा लगता। उनके जैसी बूढ़ी महिला के लिए अशोभनीय भी। हमें तो यह सब पैगंबरों-नबियों की कहानियों की तरह काल्पनिक ही प्रतीत होता।

हमने उन्हें हमेशा ऐसा ही देखा—नाटी-सी, मोटी-सी और तनिक झुकी हुई-सी। चेहरा झुर्रियों की आड़ी-तिरछी लकीरों से पटा हुआ। बल्कि हमें तो पूरा विश्वास था कि वे हमेशा-हमेशा से ऐसी ही रही होंगी। बूढ़ी, बिलकुल बूढ़ी, इतनी बूढ़ी कि अब और बुढ़ाना उनके बस में नहीं था। बीस साल से ऐसी ही तो देख रहे थे हम उन्हें। खूबसूरत ? हँह, कभी नहीं। हाँ, प्यारी वे जरूर लगती थीं।

कपड़े वे हमेशा सफेद ही पहनतीं। कूबड़ के कारण एक हाथ कमर पर टिकाए और दूसरे से रामनामी माला के मनके फेरती वे सारे घर में घूमा करतीं। चाँदी-सी चमकती लटें उनके पीले झुर्राए चेहरे पर बेतरतीब बिखरी रहतीं। प्रार्थना के न जाने किन शब्दों को दोहराते उनके होंठ निरंतर फड़कते रहते।

दादी माँ के साथ मेरी खासी दोस्ती थी। मेरे माता-पिता ने जब शहर में बसने के लिए कूच किया तो वे मुझे मेरी दादी माँ के पास छोड़ गए। वे मुझे तड़के ही जगा देतीं और स्कूल के लिए तैयार करतीं। मुझे नहलाकर तैयार करते हुए वे अपनी प्रातःकालीन प्रार्थना मुझे गा-गाकर सुनाती रहतीं, ताकि मैं भी इसे सुन-सुनकर जुबानी रट लूँ। सुनता तो मैं जरूर था, क्योंकि मुझे उनकी आवाज प्यारी लगती थी, पर उसे सीखने की तरफ तो कभी मेरा ध्यान ही न गया।

लकड़ी की मेरी तख्ती को गाचनी मिट्टी से लीपकर वे पहले से ही तैयार रखतीं। साथ

में मिट्टी की बनी दवात और सरकंडे की कलम भी एक झोले में डाल मुझे थमा देतीं। एक मोटी-सी बासी रोटी पर मक्खन और चीनी थोप मुझे खिलातीं और स्कूल ले जातीं। अपने साथ ढेर की ढेर बासी रोटियाँ वे गाँव के कुत्तों को डालने के लिए भी ले जातीं।

वे मुझे हमेशा स्कूल तक छोड़ने जातीं। एक वजह यह भी थी कि स्कूल गुरुद्वारे के साथ ही लगा हुआ था। गुरुद्वारे का भाई (पुजारी) ही हमें वर्णमाला सिखाता था और सवेरे की प्रार्थना करवाता। बच्चे बरामदे के दोनों ओर पंक्तियों में बैठ ककहरा (वर्णमाला) गाते रहते या एक सुर में प्रार्थना करते। मेरी दादी माँ उसी बीच गुरुद्वारे के भीतर बैठी धर्मग्रंथ को बाँचा करतीं। जब हम दोनों अपने-अपने कामों से निबट जाते तो एक साथ ही घर लौटते।

लौटते हुए हमें गुरुद्वारे के करीब ही गाँव के कुत्ते दिखाई दे जाते। रोटियों के लिए लड़ते-झगड़ते, भौंकते-गुर्राते वे हमारे पीछे-पीछे घर तक चले आते।

जब मेरे माता-पिता शहर में पूरी तरह बस-बसा गए तो उन्होंने हमें भी अपने पास बुला लिया। दादी माँ और मेरी दोस्ती के लिए यह एक नया मोड़ था। रहते तो यहाँ भी हम दोनों एक ही कमरे में थे, पर अब वे मुझे स्कूल छोड़ने नहीं आती थीं। अब मैं मोटर बस में बैठकर एक अंग्रेजी माध्यम के स्कूल में जाने लगा था। यहाँ सड़कों पर कुत्ते नहीं होते थे, शायद इसीलिए उन्होंने आँगन में अब गौरैयों को दाने चुगाने का नया शौक पाल लिया था।

जैसे-जैसे वक्त गुजरता गया, हमारा एक-दूसरे के साथ संपर्क कम से कमतर होता गया। कुछ अरसे तक तो वे मुझे सवेरे उठाती रहीं और स्कूल के लिए तैयार भी करती रहीं। मेरे स्कूल से लौटकर आने पर पूछा करतीं कि वहाँ मैंने क्या-क्या पढ़ा। मैं उन्हें अंग्रेजी के नए-नए शब्द बताता। पश्चिमी ज्ञान-विज्ञान से संबंधित छोटी-छोटी बातें सुनाता। गुरुत्वाकर्षण के नियमों, आर्किमिडीज के सिद्धांतों और धरती के गोलाकार होने के बारे में समझाता। ये सब बातें सुनकर वे खिन्न हो उठतीं। ऐसी पढ़ाई में वे मेरी क्या मदद कर सकती थीं। अंग्रेजी स्कूलों में पढ़ाई जाने वाली बातों में उनकी कोई आस्था नहीं थी और वे खासी दुखी हुईं यह जानकर कि रब्ब (ईश्वर) और धर्मग्रंथों के बारे में यहाँ कुछ भी पढ़ाया नहीं जाता। एक दिन मैंने उन्हें आकर बताया कि हमारे पाठ्यक्रम में संगीत का विषय भी शामिल है। वे बहुत चिंतित हो उठीं। उनके खयाल में संगीत का संबंध व्यभिचार से था। संगीत तो भिखारियों और वेश्याओं की मिल्कियत है। अच्छे-खासे संभ्रांत लोगों का इससे क्या लेना-देना ? उन्होंने मुझे सीधे से तो कुछ नहीं कहा, पर उनकी चुप्पी ही उनकी नाराजगी जाहिर कर रही थी। इसके बाद तो उन्होंने मुझसे बोलना-चालना बहुत कम कर दिया।

जब मैं यूनीवर्सिटी में पहुँचा तो मुझे अपना एक अलग कमरा मिल गया। दोस्ती की साँझी कड़ी टूट गई। मेरी दादी माँ ने निरासक्त भाव से अपना अलगाव स्वीकार कर लिया। वे दिन-भर अपने चरखे पर बैठी रहतीं और कभी-कदा ही किसी से बोलतीं-चालतीं। सवेरे से शाम तक सूत कातती रहतीं और अपनी प्रार्थना दोहराती जातीं। दोपहर को थोड़ा-सा आराम करतीं और गौरैयों को दाना डालतीं।

बरामदे में बैठी-बैठी वे रोटियों के नन्हे-नन्हे टुकड़े करके फेंकतीं तो सैकड़ों की संख्या में चिड़ियों के झुंड-के-झुंड वहाँ इकट्ठे हो जाते और वे उन्हें घेरकर चहचहाने लगतीं । कुछ उनकी टाँगों पर तो कुछ उनके कंधों पर बैठ जातीं । वे सिर्फ हँसती रहतीं । उन्हें झटककर कभी नहीं उड़ातीं । उनके वास्ते तो यही दिन का सबसे सुखकर क्षण होता था । उनका यह कार्यक्रम लगभग आधे घंटे तक चलता ।

जब मैंने उच्च शिक्षा के लिए विदेश जाना तय किया तो मुझे पक्का पता था कि दादी माँ इसका जरूर विरोध करेंगी । मुझे पाँच वर्षों के लिए विदेश में रहना होगा और दादी माँ का···हाँ, इस उम्र में किसी का क्या भरोसा ? पर दादी माँ, तनिक भी विचलित या भावुक नहीं हुईं । वे मुझे रेलवे स्टेशन तक छोड़ने आईं, पर बोलीं कुछ नहीं । न ही किसी प्रकार की भावुकता का प्रदर्शन उन्होंने किया । बस उनके होंठ प्रार्थना में फड़फड़ाते रहे । मन प्रार्थना में ही लीन रहा । अंगुलियाँ माला के मनके फेरती रहीं । चुपचाप उन्होंने मेरा माथा चूमा । विदा होते हुए उस गीले-गीले प्रतिरूप को ही मैंने अपने बीच देह-स्पर्श की आखिरी निशानी मान लिया था ।

लेकिन ऐसा होना नहीं था । पाँच बरस के बाद मैं घर लौटा था और दादी माँ मुझे स्टेशन पर लेने आई हुई थीं । वे बिलकुल वैसी ही लग रही थीं, जैसा मैं उन्हें छोड़ गया था । अब भी शब्दों के लिए उनके पास वक्त नहीं था । उन्होंने मुझे बाँहों में भींच लिया । होंठों पर वही चिर-परिचित प्रार्थना के शब्द । मेरे लौटने का यह पहला दिन था । पर दादी माँ के लिए दिन का सर्वाधिक सुखी क्षण अब भी गौरैयों को दाना चुगाना ही रहा । आज उन्होंने गौरैयों को अधिक देर तक दाना चुगाया और अतिरिक्त उत्साह के साथ ।

शाम को सहसा ही उनमें एक परिवर्तन आया । उन्होंने प्रार्थना नहीं की । आस-पड़ोस की औरतों को बुलाकर इकट्ठा कर लिया और एक पुरानी ढोलकी की ताल पर गाना शुरू कर दिया । वे लगातार घंटों ढोलकी की खाल पर थापें देती रहीं और योद्धाओं के घर लौटने पर गाए जाने वाले विजय-गीत गाती रहीं । हमने बहुत समझा-बुझाकर उनका गाना-बजाना बंद करवाया कि कहीं वे ज्यादा थक-थका न जाएँ ।

वही बस पहला मौका था जब मैंने उन्हें प्रार्थना से विमुख हुआ देखा था । दूसरे दिन ही वे बीमार पड़ गईं । बुखार बिलकुल हल्का था । डाक्टर ने बताया कि जल्द ही उतर जाएगा । पर दादी माँ का कुछ और ही सोचना था । उन्होंने हमें बता दिया कि अब उनका अंत समय आने वाला है । उन्होंने कहा कि जीवन के अंतिम अध्याय के शेष होने के पहले वे प्रार्थना से विमुख हुई हैं । अब तो उन्हें हमारे साथ बातें करके एक क्षण भी गँवाना नागवार लग रहा है ।

हमने विरोध किया । पर हमारे सारे विरोधों को नकारकर वे बिस्तर में लेटे-लेटे ही माला के मनके फेरते हुए प्रार्थना में लीन हो गईं ।

हमें एहसास भी नहीं हुआ कि प्रार्थना करते उनके होंठ सहसा ही निस्पंद हो गए । माला उनकी निर्जीव उँगलियों से लुढ़ककर नीचे आ पड़ी । एक शांत-सी छाया उनकी मुखाकृति पर

फैल गई और हम भली भाँति समझ गए कि अब वे इस दुनिया में नहीं रहीं ।

हमने उन्हें बिस्तर से नीचे उतारा और जैसा कि नियम है, भूमि पर लिटा दिया । उनके मृत शरीर को लाल कफन में ढक दिया गया । कुछ घंटे उनके शव के पास बैठकर शोक मनाने के बाद हम वहाँ से उठकर उनकी अंत्येष्टि की व्यवस्था में जुट गए ।

शाम को लकड़ी की एक अनगढ़-सी काठी लेकर हम उनके कमरे में जा रहे थे, ताकि उसमें उन्हें अंतिम संस्कार के लिए ले जाएँ ।

सूरज डूब रहा था । अस्त होते सूर्य की सुनहरी आभा उनके कमरे और सामने के बरामदे को आप्लावित कर रही थी । आँगन में पहुँचकर हम बीच में ही थम गए । बरामदे से लेकर कमरे तक, जहाँ उनका पार्थिव शरीर लाल कपड़े में लिपटा निस्पंद पड़ा था, एक अजब ही दृश्य नजर आया । हजारों की संख्या में गौरैयाँ फर्श पर बिखरी बैठी थीं । कहीं कोई चह-चहाहट नहीं । बिलकुल शांत-निस्तब्ध । चिड़ियों के प्रति हमारा दिल भर आया । मेरी माँ कुछ रोटियाँ लेकर आईं । दादी माँ की ही तरह उन्होंने रोटियों के छोटे-छोटे टुकड़े किए और चिड़ियों की ओर फेंके । चिड़ियों ने रोटियों की तरफ देखा तक नहीं । जब हम दादी माँ के शव को उठाकर चल पड़े तो चिड़ियाँ धीरे से निःशब्द-सी उड़ गईं । दूसरे दिन जमादार ने रोटी के टुकड़ों को बुहारकर कूड़ेदान में डाल दिया ।

नास्तिक

हमेशा की तरह बहस का रुख फिर उसी तरफ मुड़ने लगा, "तो तुम नहीं मानते कि खुदा है ? ये सब सिर्फ बहस के वास्ते ही कहते हो कि तुम्हें खुदा की हस्ती पर सचमुच यकीन नहीं है ?" मेजबान ने पूछा और लंबी साँस छोड़ते हुए कहा, "रब्ब तुम्हारा भला करे ।"

"नहीं," मेहमान ने जवाब दिया, "मैं सचमुच ही खुदा को नहीं मानता । मेरा भला तो शैतान ही करेगा ।"

मेजबान ने तनिक उत्तेजित होते हुए अपनी बाँहें फैलाकर पूछा, "तो यह सब कहाँ से आता है ? ये पेड़, ये पौधे, ये इंसान, ये जानवर, ये दुनिया और इस दुनिया में ये तमाम सारी चीजें ? बोलो ?" राजनीतिज्ञ था, इसलिए वाक्पटुता तो उसे आती ही थी, उसके बीवी-बच्चों की तरफदारी भी उसे प्राप्त थी ।

"यह तो मैं नहीं जानता," मेहमान ने जवाब दिया । वे उसका मजाक बना पाते इससे पहले ही वह फिर बोला, "और न ही तुम जानते हो ! यह तो कोई पैगंबर, पीर, मसीहा या अवतार भी नहीं जान सका । दुनिया में कोई भी नहीं जानता । और तुम्हारे ये मजहब, धर्म—ये सब तो बच्चों की परीकथाओं जैसे···"

इतने में ही मेजबान का दस साल का बेटा अपनी आदत के मुताबिक बहस में हिस्सा लेते हुए बोला, "मैं जानता हूँ । सभी कुछ खुदा से आता है । अब बोलिए !" मेहमान की खिल्ली उड़ाते हुए उसके मुँह के सामने चुटकी बजाते हुए वह कहने लगा, "सब कुछ खुदा ही है ! खुदा, खुदा, खुदा । और अगर आप शैतान को मानते हैं तो खुदा को भी आपको मानना ही पड़ेगा ।"

"किसने कहा कि मैं शैतान को मानता हूँ ? शैतान भी तो इंसानों कि फितूरी दिमागों की ही उपज है, जैसे कि खुदा !" बच्चे को समझाने के लिहाज से उसने मिसाल दी, "तुम्हारा खुदा महज एक गैस के गुब्बारे की तरह है या फिर उस लाल रबर की गेंद की तरह, जिसे तुम बगीचे में अपने पैरों की ठोकर से लुढ़काते रहते हो ।"

परिवार में सबके मुँह उतर गए । मेजबान की बेगम साहिबा ने टोका, "ओह, प्लीज, खुदा के वास्ते ऐसी कुफ्र की बातें करके बच्चों का विश्वास मत तोड़ो । मैं पैसे देकर मौलवी साहेब को बुलवाती हूँ कि इनको कुरान पढ़ाएँ, नमाज अदा करना सिखाएँ और तुम ? तुम तो मेरे सारे किए-कराए पर पानी फेर रहे हो !"

बच्चों की ओर रुख करके वे बोलीं, "तुम लोग इनकी बातों पर जरा भी गौर मत

करना । अब जाओ, अपना होमवर्क खत्म करो । चलो ! जाओ !"

बच्चों का जाने का जरा भी जी नहीं कर रहा था । बड़ों की बहस में उन्हें बड़ा मजा आ रहा था । पर अम्मी के प्यार से समझाने और रिश्वत देकर फुसलाने पर वे अपने कमरे में रुखसत हो गए । छोटा वाला जाने से पहले हँसते हुए बोला, "गॉड इज ए रेड रबर बॉल" (खुदा लाल रबर का गेंद है ।)

बेगम साहिबा ने शिकायत भरे लहजे में कहा, "देखिए, आपने क्या किया ? अब यह अपने स्कूल में जाकर भी यही बोलेगा । कैथोलिक स्कूल है । निकाल बाहर करेंगे वे बच्चे को ! अब ये बच्चे रमजान पर रोजा नहीं करेंगे । नमाज पढ़ने से भी मना करेंगे । अब इनका विश्वास खुदा से हट जाएगा । दुख-तकलीफ में फिर भला किसके सहारे को झुकेंगे ये लोग ? आप क्या चाहते हैं कि दुनिया में रहने लायक न रहें ? मिस्फिट और सबसे अलग-थलग रह जाएँ ?"

मेहमान अब भी उन्हें भड़काता रहा, "तब तो तुम्हें अपने बच्चों को मुझ-जैसे लोगों से मिलने नहीं देना चाहिए । अपने घर अब मुझे कभी मत बुलाना । बस, अपने मौलवी साहेब को बुलाओ । स्कूल के कैथोलिक फादरों को बुलाओ और दकियानूसी अंकल-आंटियों को बुलाओ, ताकि वे इनके दिमागों में यही सब भरें—ऊपर वाला और आदम-हौवा, कयामत और पुनर्जन्म, निर्वाण और संन्यास···ओ०के० !"

"अच्छा, अच्छा, ज्यादा गर्म होने की जरूरत नहीं," मेजबान ने बात टालने की गरज से कहा, "चलो, थोड़ा टहल आएँ । तुम दोनों के दिमाग भी ठंडे हो जाएँगे ।"

वे बगीचे में टहलने लगे । मेहमान फिर से बेगम साहिबा से सुलह करने की कोशिश में लगा था, "हमारी बहस हमेशा यही रुख अख्तियार कर लेती है । नहीं ? हमेशा ऐसा ही होता है । देखो, खलील जिब्रान ने क्या कहा :

'जब मैं छोटा था,
उसे (खुदा को) जानने की उत्सुकता में.
संतों के पास गया,
दार्शनिकों के पास गया,
उसके (खुदा के) बारे में,
उनके तर्क-वितर्क सुनता रहा ।
पर जितनी भी बार गया,
उसी दरवाजे से वापस लौट आया,
जिससे भीतर गया था ।' "

"हो सकता है," वे शिष्टतापूर्वक बोलीं, "पर मैं अब भी अपनी बात को सही मानती हूँ, 'मैं यह सोच भी नहीं सकता कि यह घड़ी यहाँ है, पर इसको बनाने वाला कोई नहीं है ।' किसने

कहा था यह ?"

"वाल्टेयर ने । लेकिन तुम्हारी यह तुलना जम नहीं रही । हम सब जानते हैं कि दुनिया है । हाँ, यह बात अलग है कि कुछ हिंदू और सिक्ख इसे 'माया' की भाँति छद्म मानते हैं । लेकिन दुनिया को बनाने वाले के बारे में हम कुछ नहीं जानते, यह तो पक्का है । अगर यह मान भी लें कि दुनिया का कोई सर्जक है, तो भी उसकी इबादत करने की, उसकी पूजा करने की तो कोई तुक नहीं बनती । वैसे भी दुनिया में अच्छाइयों के बजाय खराबियाँ ज्यादा हैं, इसलिए चुप रहना ही ठीक है । यह खुदा के अस्तित्व का मामला ही ऐसा है, जिसकी कुंजी अभी तक किसी के हाथ नहीं लग सकी । यह एक ऐसा पर्दा है जिसको हटाकर उसके पीछे कोई नहीं देख सकता । 'हमें नहीं पता' कहना ज्यादा ईमानदारी की बात होगी, बनिस्बत ऐसी मान्यताओं को सच करार देना जो तर्क और दलीलों के बिलकुल विपरीत पड़ती हों । मैं न तो यह जानता हूँ कि खुदा है और न ही यह कि खुदा नहीं है, इसलिए मैं अपने आप को नास्तिक कहता हूँ ।"

"श्योर, श्योर," मेजबान ने नम्रतापूर्वक स्वीकार कर लिया, "भई, तुम नहीं मानते तो तुम्हारी मर्जी । हमें कोई एतराज नहीं । पर जो मानते हैं, उन्हें तो मानने दो, जब तक कि यह पूरी तरह साबित नहीं हो जाता कि उनकी मान्यताएँ गलत हैं । क्यों ? जिओ और जीने दो । और चलो अब कोई और बात करें ।"

लेकिन मेहमान अब भी अड़ा रहा, "जो मुझसे बर्दाश्त नहीं होती, वह है धर्म की सनक और चमत्कारी संत-साधुओं की अंधी पूजा । आखिर क्या हैं ये साधु-संत ? मदारियों की तरह करतब दिखलाकर ईश्वर, आत्मा, प्रेम और पता नहीं किन-किन सिद्धांतों को गढ़ते रहते हैं और हजारों लोग मूर्खों की तरह उनको मान भी लेते हैं ।"

"हम लोग खुदा की बात कर रहे थे, चमत्कारी साधुओं की नहीं," बेगम साहिबा ने फिर टोका, "मुझे तो यह हैरानी हो रही है कि जिस इंसान को कुदरती ताकतों—दैवी शक्तियों से इतनी नफरत हो, वह हमेशा खुदा की बातें ही क्यों करता रहता है ? तुम्हीं बात छेड़ते हो और बढ़ाते भी हो, जैसे दाँत के दर्द से बेहाल आदमी बार-बार अपने दुखते दाँत को जीभ से छू-छूकर और दुखाता रहे । हो सकता है, तुम्हारे इस विरोध के पीछे तुम्हारी आस्था की भावना ही छुपी हुई हो, जिसे तुम मानना ही नहीं चाहते । अँधेरे में खौफ खाता हुआ आदमी जैसे चिल्ला-चिल्लाकर अपने आपको ही तसल्ली देता रहे कि डर की कोई बात नहीं है ।"

"यह बात दुरुस्त है, भई," मेजबान ने हामी भरी, मुझे फ्रांसिस थाम्पसन की कुछ लाइनें याद आ रही हैं :

'मैं रात-दिन उससे (खुदा से) दूर भागता रहा,
वक्त के मेहराबों में उससे भागता रहा,
अपने ही मन की भूलभुलैया में उससे भागता रहा,
अपने आँसुओं में और हँसी में,
उससे छुपता रहा ।

पर, उसके (खुदा के) पैर,
आराम से, बिना रुके,
सधी हुई चाल से, कुदरती करीबी के साथ
मेरा पीछा करते रहे ।
पैरों की गति से भी तेज
एक आवाज मुझे कहती रही—
'जो मुझे दगा देता है, उसे सभी चीजें दगा दे जाती हैं ।' "

"इसी जिरह एक न एक दिन वह (खुदा) तुम तक पहुँच ही जाएगा, भले ही तुम उसे लाल रबर की गेंद कहकर उसका निरादर करो ।"

रात के खाने का वक्त हो चला था । वे लोग घर लौट आए । बेगम ने ताली बजाकर बच्चों को पुकारा, "बच्चो, मेज पर आओ ।" जैसे ही सब लोग अपनी-अपनी जगह बैठ गए, उसने बच्चों की प्लेटें खाने से भर दीं । छोटा वाला लड़का फिर खिलखिलाकर हँसने लगा, "गॉड इज ए रेड रबर बॉल !"

बेगम साहिबा ने बच्चे का ध्यान बटाने के लिए विषय बदलने की कोशिश की, "चलो अब कल के बारे में प्रोग्राम बनाएँ ।"

"गैस वाला बैलून ! नहीं, मेरी रेड रबर बॉल !" बच्चा फिर हँसा ।

"अब बस करो," बेगम ने उसे फटकारते हुए कहा, "एक हरफ भी और बोला तो देखना मुझे गुस्सा आ जाएगा ।"

उस रात मेज पर खुदा के बारे में और बातें नहीं हुईं । लेकिन दूसरे दिन नाश्ते के वक्त बच्चों का फिर जी कर रहा था कि अम्मी-अब्बा और मेहमान खुदा के बारे में फिर से बहस शुरू करें । नन्हे लड़के ने अपना रबर का लाल गेंद मेहमान की गोद में रखकर अर्थपूर्ण ढंग से कहा, "तुम इसको ले लो ।" उसकी अम्मी ने उसकी तरफ आँखें तरेरीं, "याद रखना, अगर फिर वही बातें शुरू कीं तो कल का पिकनिक का प्रोग्राम रद्द कर दूँगी ! समझे !"

इतवार का दिन था । आखिरी बारिशों का मौसम । ऊपर तिरते बादलों की काली छायाएँ धरती पर पड़ रही थीं । बादल कभी अचानक ही बरस पड़ते और कभी-कभी बरसते-बरसते में ही सूरज चमक उठता और आकाश में इंद्रधनुष के रंगों की छटा बिखर जाती । बेगम साहिबा ने चहककर कहा, "पार्क में पिकनिक मनाने के लिए बड़ा ही प्यारा दिन है ।"

उन्होंने मोटरकार पार्क की तरफ बढ़ाई । बच्चे अपने साथ अपना रबर वाला गेंद ले गए थे । वे कभी एक-दूसरे पर गेंद फेंकते और कभी पेड़ों के ऊपर गेंद को उछालकर वापस लोकने की कोशिश करते । मेजबान और बेगम साहिबा मेहमान का नया लगा 'रोज गार्डेन' दिखा रहे थे ।

चलते-चलते वे पीपल के एक विशाल पेड़ के पास रुके । बड़े लड़के ने गेंद को पेड़ के ऊपर उछाला । गेंद पेड़ के ऊपर उठी और एक डाली से उछलती हुई दूसरी डाली पर उछली ।

बच्चे गेंद को लोकने के लिए हाथ फैलाए खड़े थे। गेंद सबसे नीची डाली पर आकर फिर उछली, नीचे आई और फिर उछलकर पेड़ की एक द्विभुजाकार टहनी में जा फँसी। "ओह, ओह, गेंद तो पेड़ में अटक गई !"

आधे घंटे तक वे डंडियाँ और कंकड़ फेंक-फेंककर गेंद को नीचे लाने की कोशिश करते रहे। मेजबान अब और बर्दाश्त न कर सका। उसने बच्चों को झिड़का, "अब सारा दिन गेंद को नीचे लाने में तो नहीं लगा देना है न ? चलो, चलकर कुछ ठंडा-वंडा पीते हैं।"

बच्चे बेमन-से चल पड़े। कुछ भी अच्छा नहीं लग रहा था, मन तो वहीं गेंद में उलझा था। 'कोल्ड ड्रिंक' के स्टैंड पर गए। ठंडी बोतलें पीं, पर मजा नहीं आया। अम्मी ने समझाया भी, "अरे बाबा, सिर्फ रबर की गेंद ही तो थी। ऐसे क्यों दिख रहे हो कि कयामत ही टूट पड़ी है दुनिया पर ? और खरीद दूँगी।"

फिर भी बच्चों का मूड नहीं बदला। आलू-चिप्स की प्लेटें और टमाटर की सॉस, आइस-क्रीम—सब खिलाया, पर कुछ भी कारगर न हुआ। घंटे-भर बाद वे सब पार्क से होते हुए अपनी मोटरगाड़ी की ओर लौटने लगे।

पीपल के पेड़ के पास पहुँचकर रुके। देखा, लाल गेंद पेड़ की डालियों में अब भी वैसे ही फँसी हुई थी। सबने ऊपर देखा, "अब भी वहीं है।" अबकी बार किसी ने उसे नीचे गिराने की कोशिश नहीं की।

मेहमान उन्हें खुश करना चाहता था। उसने जोर से ऐलान किया, "ऑल राइट, अगर यह रबर की गेंद गिरकर मेरे हाथों में आ पड़े तो मैं मान लूँगा कि खुदा है।"

हवा का एक हल्का-झोंका आया और पेड़ की डालियों को हिला गया। रबर की लाल गेंद सीधे आकर मेहमान के हाथों में गिरी।

वे सब हैरत में आँखें फाड़े एक-दूसरे को देखने लगे।

"चलो, तुम्हें अच्छा सबक मिला," बेगम साहिबा ने व्यंग्य भरी चुटकी कसी।

"डैम !" नास्तिक और क्या कहता ?

काली चमेली

“दिस इज मार्था, मार्था स्टैक । तुम्हें मेरी याद है ? तीस साल पहले हम पेरिस में साथ थे ।” आवाज मधुर थी, जैसी कि अमरीकन नीग्रो लोगों की होती है ।

“मार्था !” बैनर्जी ने सोत्साह फोन के चोंगे में लगभग चीखते हुए कहा, “ऑफ कोर्स, मुझे तुम्हारी याद है । लेकिन तुम यहाँ दिल्ली में कैसे ? मुझे पहले खबर क्यों नहीं की कि तुम यहाँ आ रही हो ?”

“मुझे ही कौन-सा मालूम था ! हवाई जहाज के न्यूयार्क से चलने के पहले तो मैं भी नहीं जानती थी । पर अब यहीं हूँ, दिल्ली में, अशोक होटल में । बस, तुम्हें देखने को बेकरार हुई बैठी हूँ ।”

“एक मिनट मार्था,” बैनर्जी ने टेलीफोन के चोंगे को हथेली से ढाँपा और अपनी पत्नी की ओर मुखातिब हुआ । कुछ सलाह-मशविरे के बाद उसने बातचीत का क्रम फिर जोड़ा, “डिनर के लिए आज तुम्हें हमारे यहाँ आना होगा । मेरी पत्नी और बच्चों से मिलोगी तो…”

“मुझे बड़ी खुशी होगी । मैं नहीं जानती थी कि तुम बीवी-बच्चों वाले हो गए हो !”

“बीवी है और बड़े-बड़े बच्चे हैं । बेटा बीस बरस का, बेटी पन्द्रह की । कितना अरसा भी तो बीत चुका है । पूरे तीस बरस । और तुम्हारी क्या खबर है ?”

“फेमिली तो नहीं है । शादी दो बार जरूर कर चुकी हूँ । पर अब बिलकुल अकेली हूँ । ऑल बाइ माइसेल्फ,” वह हँसी, “मच नाइसर, सच, बहुत बेहतर !”

“अच्छा, तो मैं तुम्हें सात बजे मिलता हूँ । पता नहीं तुम मुझे पहचान भी पाती हो या नहीं । थोड़ा मोटा हो गया हूँ और बाल भी कुछ-कुछ सफेद…”

“डोंट वरी, हनी, बूढ़े और मोटे तो सभी हो जाते हैं,” वह बोली, “सी यू अराउंड सेवेन । नमस्ते ! देखो, अब तक भूली नहीं हूँ, नमस्ते को ।”

बैनर्जी ने चोंगा वापस रखा । उसने निर्लिप्त दिखना चाहा । लेकिन उसकी पत्नी ने ताड़ते हुए पूछा, “कोई पुरानी गर्ल फ्रैंड है क्या ?”

बैनर्जी के चेहरे का रंग उड़ गया, “नो गर्ल फ्रैंड, एक परिचित महिला है । तीस साल पहले सारबॉर्न में मिले थे हम ।”

“लेकिन पहले तो आपने कुछ और ही बताया था । आपके एलबम में जो फोटो है, वही तो नहीं ? फोटो में तो काफी आकर्षक लगती है !”

“हाँ, कोई ऐसी बुरी भी नहीं देखने में । पर नीग्रो थी न ! मोटे-मोटे होंठ, घुँघराले काले

सन-से बाल । हम दोनों ही तो थे जो अंग्रेज नहीं थे । बस इसीलिए जरा जान-पहचान हो गई थी ।"

वह जानता था कि उसकी आवाज की तर्ज सच्चाई को प्राच्छादित करती हुई-सी लग रही थी । शायद इसीलिए उसे पत्नी से आँख मिलाकर बात करने की हिम्मत नहीं हो रही थी । दूसरी तरफ देखते हुए ही वह फिर बोला, "मुझे अशोक होटल जाकर उसे लाना होगा," और वह उठकर अपनी स्टडी में चला गया ।

अजीब विडंबना है, उसने सोचा । तीस साल पहले अपने दोस्तों के बीच वह मार्था के साथ अपनी दोस्ती को लेकर डींगें हाँका करता था । उसकी एक फोटो भी अपने एलबम में लगा रखी थी । थोड़ा तिरछा करके बड़ा-सा स्ट्रॉ हैट लगाए आकर्षक चितवन वाली उस लड़की की फोटो ! नीचे लिखा था, 'लव-मार्था' ! देखकर लोगों की उत्सुकता तो जगती ही थी । "अरे यार, मार्था कौन है," एलबम के उस पन्ने पर रुककर दोस्त-यार पूछ ही बैठते और वह मुसकराते हुए कहता, "रहने दो न यार, पूछ कर क्यों मुझे…"

और अब उसे ऐसा भोला-भाला, अनजान-सा दिखना पड़ रहा था जैसे मार्था को कभी जाना ही नहीं । यही तो होती है शादीशुदा इंसान की नियति । सीधे-सादे संबंधों के बारे में भी झूठ बोलना पड़ता है ।

सीधा-सादा संबंध ।

हाँ, सीधे-सादे से अधिक था ही क्या ?

उसे वे दिन याद हो आए । सारबॉर्न में उन दिनों फ्रांसीसी साहित्य का कोर्स कट रहा था । कक्षा में कुल मिलाकर तीस छात्र-छात्राएँ थीं—अधिकतर तो अमरीकन ही थे । केवल वह और मार्था ही अश्वेत विद्यार्थी थे । पहले ही दिन से मार्था लोगों की नजर में आ गई थी । वह औरों से जरा हट कर बैठती थी । लंबाई में मार्था कक्षा के कई लड़कों को भी मात करती थी । अश्वेत जरूर थी पर थी असाधारण रूप से आकर्षक । दूसरे दिन कुछ लड़कों ने उससे दोस्ती की शुरुआत करनी चाही और उसके करीब जाकर बैठ गए । तीसरे दिन वह स्वयं अपनी जगह से उठकर आई और बैनर्जी के बगल में आ बैठी । "तुम्हें कोई एतराज तो नहीं अगर मैं यहाँ बैठना चाहूँ । मैं—मार्था स्टैक ! अमरीकन हूँ," उसकी तरफ अपना हाथ बढ़ाते हुए मार्था ने अपना परिचय दिया था ।

घबराहट में आधे खड़े होकर और आधे बैठे बैनर्जी ने भी अपना हाथ बढ़ाया, "मैं—बैनर्जी, आय'म फ्रॉम इंडिया ।"

उसके बाद से तो हर रोज वे साथ ही बैठते रहे ।

बैनर्जी सामान्यतः जल्दी आने वालों में से था । अपनी बगल वाली सीट पर वह एक कॉपी रख देता ताकि लोग समझ जाएँ कि सीट आरक्षित थी । और फिर मार्था का इंतजार । उसका उभरा हुआ चौड़ा माथा, उलझे-उलझे काले घुँघराले बाल । घुसते ही सारे लड़के-लड़कियों की भीड़ में सिर निकालती दिख जाती । चलती थी धीरे-धीरे हस्तिनी-सी मदमस्त, लय-ताल में

उठते-गिरते नितंब ! आती और धीरे से बैनर्जी की बगल में बैठ जाती । बैनर्जी अनजाने में ही उसके स्वागत में उठने को होता और वह मुसकरा कर कहती, "क्या बैनर्जी, भगवान के वास्ते अब तुम हर बार मुझे देखते ही खड़े होना तो छोड़ दो !"

चमेली की गंध जैसे बैनर्जी के चतुर्दिक फैलने लगती । इसके माँ-बाप ने इसका नाम यास्मीन क्यों नहीं रखा ! चमेली ! कितना खूबसूरत नाम होता । मार्था से कहीं अधिक मोहक । लेक्चर के मध्य भी बैनर्जी की निगाहें गाहे-बगाहे अपनी पड़ोसिन पर जा पड़तीं । उसकी चौड़ी कलाई सोने के सिक्कों वाले कंगनों से मढ़ी । लिखती तो खन्न-खन्न बजती । बाँहें थीं साँवली-सलोनी । और वक्ष ! गदराया हुआ । उसकी दुबली-पतली देहयष्टि के अनुपात में अधिक भरा-भरा । वह चलती तो बैनर्जी का मन उसके नितंबों के उभार में ही डूबने-उतराने लगता ।

बैनर्जी का सम्मोहन स्वयं तक ही सीमित था, किंतु कब तक छुपा रहता । लड़कों ने उसे चिढ़ाना शुरू किया, "साले, तू ही किस्मत वाला निकला । लगता है तुझे छोड़ उसे कोई और दिखता ही नहीं !" पर बैनर्जी की हिम्मत अब भी नहीं हुई थी कि मार्था को कोई संकेत देता । एक तो वह उससे ज्यादा लंबी थी । दूसरे, वह कपड़े भी भड़कीले किस्म के पहनती थी । अगर कभी उसे साथ लेकर निकलने की सोचता भी तो लोगों की टीका-टिप्पणी का खयाल करके रह जाता । और फिर लोगों के लिए हास्यास्पद बात तो यह भी होती कि सात समुंदर पार इतनी दूर योरोप में आया और दोस्ती भी की तो किससे ! अपने से भी काली एक हब्शी औरत से !

पहल मार्था ने ही की । दोनों साथ-साथ ही कक्षा से बाहर निकले थे । मार्था ने उसे यों ही पूछ लिया, "मेरे साथ एक कप कॉफी पियोगे ?" कॉफी पीने के बाद बिल चुकाने की बारी आई तो बैनर्जी ने अपनी जेब में हाथ डाला । मार्था ने उसकी कलाई कसकर पकड़ ली, "नो, यू डोंट, मैंने बुलाया था तुम्हें कॉफी पीने को । मैं बिल पे करूँगी । जब तुम मुझे बुलाओगे, तो तुम पे करना । तब नहीं रोकूँगी ।" उसने बैनर्जी की कलाई तब तक जकड़े रखी जब तक बैरा बिल लेकर चला नहीं गया ।

एक दिन बैनर्जी को भी उसे बुलाना पड़ा । फिर तो बस यह उनका नियम ही बन गया कि दोनों साथ-साथ कॉफी पीने जाया करते । अपनी बारी पर मार्था खुद ही बिल चुकाने की जिद करती । पर आदत के मुताबिक बैनर्जी का हाथ अपनी जेब में चला ही जाता । मार्था तब हमेशा की तरह उसकी कलाई को अपनी हथेली में जकड़ उसे बिल देने से रोकती, "नो सर, इट्ज माइ टर्न ।"

मार्था ने दूसरा कदम भी उठाया, "भगवान के वास्ते मुझे मार्था स्टैक मत कहा करो । सिर्फ मार्था कहो न । एंड वाट्स योर फर्स्ट नेम ?"

"मेरा असली नाम तो हीरेन है । पर घर में प्यार से मुझे गुल्लू बुलाते हैं ।"

मार्था ने प्यार से उसका हाथ दबाया, "मैं भी तुम्हें गुल्लू ही कहूँगी ।"

बैनर्जी ने भी फुसफुसाकर कहा कि उसने भी उसका एक प्यारा-सा हिंदुस्तानी नाम रख लिया है, 'यास्मीन' । मार्था ने एक बार फिर उसके हाथ का स्पर्श किया, "प्यारा नाम है, मुझे

अच्छा लगा। दुनिया में तुम्हीं एक अकेले होगे जो मुझे इस नाम से पुकारा करोगे।" वह उसके करीब सिमट आई, इतनी कि उसे अपने नथुनों में उसकी नीग्रो गंध पैठती-सी महसूस होने लगी। उसे यह एहसास बहुत भला लगा, मादक और उत्तेजक। नीग्रो औरतों की चमड़ी से उठती फटे दूध की-सी उबकाई भरी गंध से मार्था के जिस्म की गंध कितनी भिन्न थी।

कई-कई घंटे बैनर्जी इन्हीं दिवा-स्वप्नों में बिता देता कि कैसे वह मार्था के समक्ष प्रणय निवेदन करेगा। फिर भी, जब कभी मौका भी मिला, अपने संकोची स्वभाव के कारण कभी कुछ कह पाने की हिम्मत ही बेचारा न बटोर सका। सत्र समाप्त होने में अब केवल दस दिन ही बाकी बचे थे।

मार्था ने उसे एक मौका और दिया। "आखिरी वीकएंड है," उसने ठंडी आह भरते हुए कहा।

"हाँ, सो तो है," बैनर्जी ने संक्षेप में उत्तर दिया।

"वक्त भी कैसे पंख लगाकर उड़ जाता है," औपचारिकताओं के बंधन तोड़ने के लिए मार्था ने लगता था कमर कस ही ली थी, "चलो न, कहीं चलें, बैनर्जी। अब फिर पता नहीं कभी मिलना हो कि न हो।" अनुनय के स्वर में उसने सलाह दी, "चलो, किसी खुली जगह चलें। सैन के तट पर तैरेंगे और खुले में धूप सेंकेंगे।"

अगस्त का महीना। खिली हुई सुबह। उन्होंने भोर में ही पेरिस के लिए ट्रेन पकड़ ली थी। गाड़ी लगभग खाली पड़ी थी। खाली कंपार्टमेंट में वे एक-दूसरे के आमने-सामने बैठे थे। मार्था अपने साथ ढेर-सी अमरीकन पत्रिकाएँ लाई थी। बैनर्जी पत्रिकाओं में ही खोया बैठा था। मार्था बीच-बीच में सोत्साह बातें करती जा रही थी। पेरिस के बारे में, अपने घर वालों के बारे में और कालेज के सहपाठियों के बारे में कि वे उस पर कैसे-कैसे फिकरे कसते थे। और बैनर्जी था कि उसकी तरफ कुछ तवज्जो ही नहीं दे पा रहा था। आत्मीयता में बढ़ोतरी किए बिना ही वे गंतव्य तक भी पहुँच गए।

सैन का तट सैलानियों से भरा पड़ा था।

मार्था की ओर सभी का ध्यान खिंचा। टू पीस स्विम-सूट में उसका शरीर-सौष्ठव जैसे फूटा ही पड़ रहा था। लता से लचकीले उसके बदन का वह अद्भुत आकर्षण। युवकों की एक टोली ने उसकी तरफ रबर की एक गेंद फेंकी। उसने उनकी तरफ गेंद वापस उछाल दी। लड़कों के सिरों से होती हुई गेंद कई फुट दूर जा गिरी। मार्था मजे से तैरती रही। फिर जाकर रेत पर लेट कर धूप सेंकने लगी। बैनर्जी इस सबसे अनासक्त-सा कैन्वस की कुर्सी पर लेटा-लेटा अमरीकन पत्रिकाओं के पन्ने पलटता रहा।

पेरिस को वापसी के वक्त रेलगाड़ी सैलानियों से खचाखच भरी थी। फिर भी सौभाग्य से उन्हें पास-पास ही जगह मिल गई थी। मिनटों में ट्रेन का चप्पा-चप्पा लोगों से पट गया। डिब्बे में लोगों के ठहाकों और सिगरेट के धुएँ की गंध भर गई। मार्था की अंगुलियाँ बैनर्जी के घुटनों पर जा टिकीं। धीरे-धीरे दोनों की अंगुलियाँ आपस में उलझ गईं।

काफी लोग तो उपनगरीय स्टेशनों पर उतर गए। 'गार दारलियां' स्टेशन से एक स्टॉप पहले तो लगभग सारी भीड़ छँट गई। मार्था और बैनर्जी एक-दूसरे का हाथ थामे लगभग अकेले ही बच गए थे। बैनर्जी खिड़की के बाहर दृष्टि गड़ाए चिमनियों से निकलते धुएँ वाले घरों की भागती हुई पंक्तियों की दृश्यावली का आनंद उठाने में व्यस्त था। मार्था ने उसकी अंगुलियों में फँसा अपना हाथ छुड़ाकर उसकी गर्दन के गिर्द डाला और धीरे से उसके कान को चूम लिया। बैनर्जी ने पत्रिका आहिस्ता से रख दी जिसे पढ़ने का उपक्रम वह देर से कर रहा था। मार्था ने उसे अपनी बाँहों में भर लिया और अपने स्थूल अधर उसके होंठों पर रख दिए। वह उसकी आँखों, गालों और कानों को चूमने लगी। उसकी नीग्रो गंध को उसकी तप्त श्वासों द्वारा बैनर्जी ने अपने समस्त शरीर में समाते अनुभव किया। ट्रेन की रफ्तार कम हुई, मार्था ने बैनर्जी पर अपनी गिरफ्त ढीली की। अपने बैग से दो पेपर नैप्किन निकाले और बैनर्जी की ओर बढ़ाते हुए बोली, "यह लो गुल्लू डार्लिंग, अपना चेहरा पोंछ लो। मैंने तुम्हारा क्या हाल कर दिया।" बैनर्जी अपनी गालें, आँखें और होंठ पोंछता रहा और मार्था फिर से अपने गालों और होंठों पर रूज तथा लिपस्टिक लगाने लगी। रेलगाड़ी 'गार दारलियां' पर आकर रुक गई।

स्टूडेंट्स कैफे में जाकर उन्होंने कुछ खाया-पिया। मार्था ने अपनी बाँहें पसारीं और लंबी जमुहाई ली, "बहुत थक गई हूँ दिन-भर घूमते-घूमते। अब तो घर पहुँचने को बेताब हो रही हूँ। चलो, अपने कमरे में चलकर तुम्हें एकाध पेग पिलाती हूँ। फिर तुम आराम से अपने आगे के सफर पर निकलना।"

बैनर्जी जानता था आगे क्या होने वाला था। इस उद्दीप्त स्त्री के भावावेगों का सामना करने में किस प्रकार समर्थ हो पाएगा वह!

छोटा-सा कमरा था। एक ओर एक पलंग लगा था, दूसरी तरफ एक मेज और कुर्सी। मेज पर सुनहरी फ्रेम में जड़ी मार्था के परिवार की एक फोटो—उसके माता-पिता, दो भाई और दो बहनें, सभी ऊँचे-लंबे, गठीले, पूरे के पूरे हब्शी। फर्श पर तरह-तरह की अमरीकन पत्रिकाएँ पड़ी थीं। बिस्तर पर कपड़े बिखरे थे।

मार्था ने सिन्जानो शराब के दो पेग बनाए और एक बैनर्जी की तरफ बढ़ाया। अपना गिलास ऊपर उठाकर उसने कहा, "लो गुल्लू, चियर्स," और बढ़कर बैनर्जी के होंठों को चूम लिया।

"चियर्स," बैनर्जी ने कहा और मार्था ने एक बार फिर उसे चूम लिया। इस घूँट में ही मार्था ने अपना गिलास गटक लिया और अपने दोनों हाथ बैनर्जी के कंधों पर टिका दिए। "गुल्लू, जानते हो, तुम्हारी बहुत याद आएगी," उसकी आँखों में झाँकते हुए वह बोली।

"मुझे भी," बैनजी सायास ही कह पाया।

उसकी आँखें मार्था के सीने पर पड़ीं।

"क्या देख रहे हो ?" उसके कंधों से बाँहें हटाए बगैर ही मार्था ने मीठी झिड़की दी।

लड़खड़ाती आवाज में बैनर्जी ने शायद पहली बार उसके प्रति अपनी प्रशंसा प्रकट की, "जानती हो, मार्था, तुम मुझे वीनस के चित्र की याद दिला जाती हो। समुद्र से उद्गमित होती

हुई वीनस ।"

भाव-विभोर होती-सी वह बोली, "इससे सुंदर कॉम्प्लीमेंट आज तक मुझे किसी ने नहीं दिया । तो चलो इसी बात पर एक-एक पेग और हो जाए ।" उसने गिलासों को फिर से भर दिया और बैनर्जी के माथे पर धीरे से चुंबन अंकित कर दिया । बाँहों को सिर के नीचे दबा वह अपने बिस्तर पर लेट गई । बैनर्जी की आँखें मार्था के शरीर पर फिसलने लगीं ।

"घूर-घूरकर क्या देख रहे हो, पूछूँ तो ! कोई सोचे कि कभी तुमने इससे पहले औरत का जिस्म नहीं देखा क्या ?"

बैनर्जी ने खँखार का गला साफ किया, "वेल, नथिंग लाइक दिस । सच, ऐसा नहीं !"

एक चुप्पी उन दोनों पर तारी हो गई । मार्था ने गिलास में बची शराब गटक ली, "देखो, अगर तुम वादा करो कि मुझे हाथ नहीं लगाओगे तो मैं तुम्हें अपना सौंदर्य देखने दे सकती हूँ । बहुत सुंदर देहयष्टि है मेरी ।"

"वादा रहा ।"

मार्था ने उठकर बत्ती बुझा दी । बैनर्जी ने कपड़ों की सरसराहट और एलास्टिक के खुलने का शब्द सुना ।

"अब तुम बत्ती जला सकते हो ।"

वह अपनी कुर्सी से उठा । गली से आती मद्धिम रोशनी में हल्की-सी झलक देते मार्था के शरीर पर दृष्टि गड़ाए काँपते हाथ से उसने दीवार को टटोला । हाथ बिजली के स्विच पर पहुँचा । उसने स्विच दबाया । उरोज—सम्मोहित-सा हुआ वह खड़ा का खड़ा रह गया । दृष्टि नीचे गई…

"क्यों…?" सिर पर हाथों को बाँध उसने पंजों पर एक चक्कर काटा, "पसंद आया…?"

थूक गटकते हुए वह बुदबुदाया, "ब्यूटीफुल," और दीवार का सहारा लेकर बैठ गया ।

मार्था ने उसकी तरफ अपनी बाँहें पसारीं, "आओ, मुझे चुंबन दो ।" लड़खड़ाते हुए बैनर्जी उसके पास पहुँचा और उसे बाँहों में भर लिया । उसने तो वादा किया था कि वह उसे छुएगा नहीं, पर अब…उत्तप्त चुंबनों से उसने मार्था का पूरा शरीर गोद दिया ।

"जरा ठहरो," मार्था ने उसका मुँह अपनी ओर किया और उसे आलिंगन में कस लिया । वह कामातिरेक के शिखर पर पहुँचा पर अचानक ही मार्था की बाँहों में शिथिल हो गया । मार्था की साँसें और उसके नीग्रो जिस्म की गंध सहसा ही उसे अरुचिकर लगने लगी थी ।

"वाट्स द मैटर, हनी ? क्या हुआ ?"

"दिस इज टू मच फॉर मी ! अब मैं चलूँगा ।"

"ठीक है । जैसी तुम्हारी मर्जी ।" मार्था ने अपना ड्रेसिंग गाउन लपेटा और सिगरेट सुलगा ली । उसकी त्योरियाँ चढ़ी हुई थीं ।

"नो, नो, मार्था । ऐसी कोई बात नहीं । दरअसल…अब तुम्हें कैसे समझाऊँगा…"

"रहने दो…मैं समझ सकती हूँ ।"

दोनों के बीच कुछ देर चुप्पी रही। बैनर्जी ने उसका हाथ अपने हाथों में लिया। बिलकुल ठंडा था, प्रतिक्रियारहित, उदासीन। "मैं बहुत थकी हुई हूँ, हनी," उसने उठते हुए कहा, "तुम्हारे साथ इतना सुंदर दिन बीता। शुक्रिया।" उसने बैनर्जी के माथे पर चूमा और उसे बाहर तक छोड़ आई। बैनर्जी ने सुना कि उसने खट से दरवाजा भीतर से बंद कर लिया।

तीन दिन बाद 'गार सेंट लेजेचर' में वह मार्था को बोट-ट्रेन में बिदा करने आया था।

ये थीं तीस साल पहले की बातें।

सालों तक कमरे के बीचोबीच पूर्ण नग्न खड़ी मार्था की स्मृति उसकी उत्तेजना का कारण बनती रही। मनोरमा बैनर्जी के साथ लेटे हुए भी मनस्पटल पर मार्था की स्मृतियाँ होतीं। पर अब तो हफ्ते के छह दिन दफ्तर में आठ-आठ घंटों की कमर तोड़ सिर-खपाई ने उसके तन-मन में छोड़ा ही क्या था। फिर उम्र का तकाजा भी तो था। अब तो वीनस की उस साँवली अनावृत मूर्ति का ध्यान भी उसे उत्तेजित नहीं कर पाता था। इस उम्र में अब तो पत्नी के संसर्ग के खयाल से ही वह परेशान हो उठता था। मनोरमा को छुए भी सालों नहीं तो महीनों अवश्य बीत गए होंगे।

"डोंट वरी, हनी, बूढ़े तो हम सभी हो जाते हैं," उसे याद आया, मार्था ने अभी-अभी फोन पर कहा था।

अशोक होटल के लाउंज में उसे मार्था नजर नहीं आई। बैनर्जी ने उसके कमरे में फोन किया।

"एक मिनट में नीचे पहुँचती हूँ। दरअसल, हम घूमने-फिरने चले गए थे। बस, अभी कपड़े बदलकर आती ही हूँ। बस, अभी तुरंत।"

लिफ्ट के पास खड़ा वह प्रतीक्षा करता रहा। लिफ्ट आती और एक के बाद एक अमरीकन सैलानियों के जत्थों को उतारती और फिर ऊपर चढ़ जाती। काफी देर बाद केवल एक व्यक्ति को लेकर लिफ्ट नीचे आई। उसके रहते शायद कोई दूसरा उसमें समा ही नहीं सकता था। मार्था ही थी। पूरी की पूरी लिफ्ट को घेरे। छह फुट ऊँची और इतनी चौड़ी कि शायद आज तक वैसी औरत उसने देखी ही न थी। बाहर निकलकर बैनर्जी की उभरी हुई नन्ही-सी तोंद को देखकर वह विस्मय से आँखें फैलाते हुए बोली, "हनी, तुम तो मोटे हो गए हो।"

हाथ आगे बढ़ाते हुए बैनर्जी से भी न रहा गया, "मार्था, अब कैसे कहूँ कि तुम भी तो···"

अपने भारी-भरकम कूल्हों पर दोनों हाथ टिकाए मार्था ने नकली गुस्सा दिखाते हुए कहा, "अब देखो, शरारती कहीं के, इतने दिनों बाद एक पुराने मित्र को मिलने पर ऐसे ही कहते है क्या···!" और वह ठठाकर हँस पड़ी, "थोड़ी मोटी हो गई हूँ। जाने से पहले कुछ वजन घटाने की कोशिश करूँगी। अच्छा, जरा यह कमरे की चाबी तो काउंटर पर छोड़ दूँ···"

हाँफती हुई वह 'हॉल पोर्टर' के काउंटर पर पहुँची। मार्था के रूपांतरण ने बैनर्जी को डाँवाडोल कर दिया था। उसके थलथलाते हुए भारी-भरकम कूल्हे। और कूल्हों व सीने से समरूप होती हुई कमर। उसकी पतली ग्रीवा भी अब वैसी कहाँ बची थी, चर्बी की अनगिनत पर्तों ने उसे भी स्थूल बना दिया था। देखते ही मन में आवेग जगाने वाली वे टाँगें। फूल-फाल कर अंग्रेज जमादारिनों की टाँगों-सी गोल-मटोल हो गई थीं। तुरत-फुरत बनाई जाने वाली स्वास्थ्यवर्धक पुडिंग के इश्तहार वाली जेमीमा आंटी की हूबहू तस्वीर बन चुकी थी मार्था।

गलीचेदार सीढ़ियों से उतरते हुए मार्था ने बैनर्जी की बाँह का सहारा लिया। बैनर्जी ने लक्ष्य किया कि होटल में काम करने वाले छोकरे उन्हें देख कर फब्तियाँ कसते हुए हँस रहे थे। मार्था की आवाज भी उतनी ही ऊँची थी जितना भड़कीला उसका पहनावा। उसके साथ चलते हुए वह शर्म से पानी-पानी हुआ जा रहा था।

हाँफते हुए मार्था बैनर्जी की नन्ही-सी फिएट गाड़ी में आगे वाली सीट में धँस गई और बड़ी हार्दिकतापूर्वक स्वयं ही बोली, "यह गाड़ी तो मेरे जैसे भारी-भरकम अमरीकन के वास्ते नहीं है।"

घर पहुँचकर मार्था का व्यवहार इतना अच्छा रहा कि बैनर्जी ने उसका कभी अनुमान भी नहीं लगाया था। निस्संकोच होकर उसकी पत्नी का अभिनंदन किया, "अरे बैनर्जी, इतनी प्यारी बीवी तुम्हें कहाँ से मिली, भई ?" मिलते ही उसने घर वालों का दिल जीत लिया। वह सबके लिए अलग-अलग छोटे उपहार लाई थी। उसकी बेटी के लिए लिपस्टिक, बेटे के लिए बॉल-पायंट पेन और मिसेज बैनर्जी के लिए काम्पैक्ट की डिब्बी। मनोरमा भी उसके प्रति बेहद सहृदय और उदार दिख रही थी। अगर कभी उसके पति के मन में मार्था के लिए आकर्षण रहा भी होगा तो भी अब तो किसी भी सूरत में कोई भी शंका करने की गुंजाइश नहीं थी। शाम बहुत ही बढ़िया गुजरी थी।

मार्था ने अपनी घड़ी पर नजर डाली, "मुझे सुबह का हवाई जहाज पकड़ना है। अब चलना चाहिए। टैक्सी मिल जाएगी न ?"

"नहीं, नहीं, ऐसी क्या बात है। मेरे पति आपको होटल छोड़ कर आएँगे।" मिसेज बैनर्जी ने जोर देकर कहा। "आप कुछ देर और ठहरतीं तो कितना अच्छा होता !"

बैनर्जी जानता था कि अगर इसके बदले कोई आकर्षक स्त्री होती तो उसकी पत्नी उसे उसके साथ कभी अकेला न जाने देती। या तो स्वयं साथ आती या फिर किसी बच्चे को साथ भेज देती कि "चलो, यह भी आपके साथ हवा खा आएगा।"

मार्था ने मिसेज बैनर्जी का चुंबन लिया और बच्चों का भी और पुनः नन्ही फिएट की आगोश में आ बैठी। "नाइस फैमिली यू हैव," उसने कहा, "तुम्हारी पत्नी सचमुच बहुत सुंदर है। अपने जमाने में तो और भी खूबसूरत रही होगी।"

बैनर्जी ने जवाब दिया, "हाँ, मेरे मुकाबले उसने अपने आपको ज्यादा टिप-टॉप बरकरार

रखा है। कुछ लोग हमेशा ही युवा लगते हैं।"

उसने दुस्साहसपूर्वक सीढ़ियाँ चढ़ते हुए और 'हॉल पोर्टर' के काउंटर पर जाते हुए मार्था की बाँह थामे रखी। मार्था ने फिर अपनी घड़ी की ओर देखा, "अगर एक 'क्विक ड्रिंक' लेना चाहो तो मेरे कमरे में चल सकते हो। रही मेरी नींद की बात तो हवाई जहाज में पूरी कर लूँगी।"

"हाँ, बीते हुए दिनों के लिए," लिफ्ट में चढ़ते हुए बैनर्जी ने हामी भरी। उसके परिवार ने तो मार्था को स्त्री के रूप में नकार ही दिया था। बैनर्जी ने सोचा कि क्यों न वह इस कमी को पूरा कर दे।

मार्था बाथरूम से दो गिलास उठा लाई और अल्मारी से शराब की एक बोतल। बोतल ऊँची करके उसने उसे रोशनी में देखा। लगभग आधी हुई पड़ी थी, "इसे तो खत्म कर ही दें। व्हिस्की को भी क्या बचा कर ले जाऊँगी अब वापस। अच्छा बताओ सोडे के साथ लोगे या पानी के साथ ?"

"मेरे लिए तो सोडा ही डाल दो," बैनर्जी अपनी ड्रिंक लेने के लिए आगे बढ़ा। उन्होंने गिलास आपस में टकराए। बैनर्जी ने मार्था के होंठों पर एक हल्का-सा चुंबन आँक दिया।

"यह तो कुछ परिचित-सा लगता है। इसके बाद की बात याद न करें तो···खैर, अब तो इतनी मोटी हो गई हूँ कि उन सब बातों के लिए सोचना भी···" खिलखिलाते हुए वह बोली। हँसने से उसके लाल-लाल मसूड़े दिखाई दे रहे थे। "थैंक यू हनी। चलो, मेरी यात्रा तो सफल हुई। मैं तो सोच रही थी कि तुम मुझे छुओगे भी नहीं।"

उसने एक पेग और भरा। आरामकुर्सी में धँसते हुए उसने बैनर्जी को भी सोफे पर बैठने का संकेत किया। उसके इस क्रियाकलाप से साफ जाहिर था कि वह बैनर्जी को दूर ही रखना चाहती थी। बैनर्जी ने लक्ष्य किया कि उसके सीने में बीचोबीच सोने की चेन में मढ़ा एक क्रॉस लटक रहा था। तो क्या मार्था धर्म-कर्म में विश्वास रखने लगी थी ! या फिर उसकी ही तरह बुढ़ापे के कारण सेक्स आदि से उदासीन हो चुकी थी। बैनर्जी अपनी स्कॉच की चुस्कियाँ लेता रहा। मार्था की आँखों में झाँकने की हिम्मत वह बटोर नहीं पा रहा था। लेकिन वह ऐसा कुछ भी नहीं करना चाहता था कि मार्था के दिल को ठेस लगे। उसने तीसरा पेग उँडेला और आकर मार्था की कुर्सी के हत्थे पर बैठ गया। उसने मार्था के माथे पर अपना हाथ रखा। उसकी त्वचा उसे कुछ चिपचिपी-सी लगी। उसने मार्था के बालों को अंगुलियों से सहलाया तो उसके बाल सन की रस्सियों-से खुरदुरे और उलझे हुए थे। बैनर्जी ने उस पर अपनी नजर फिराई। मार्था आँखें मूँदे पड़ी थी, उसकी बेधती हुई दृष्टि से बेखबर। बैनर्जी ने उसका चेहरा अपनी तरफ घुमाया और अपने होंठ उसके होंठों पर रख दिए। वह अब भी निश्चेष्ट ही बैठी रही। वह समझ सकता था कि मार्था अपना पूरा आत्मविश्वास खो चुकी थी। वह उसकी कुर्सी पर खिंच आया और उसे और अधिक माधुर्य से चूमने लगा।

पेरिस में देखी-जानी उस मार्था की छवि वापस उसके मनस्पटल पर लौट आई। एक

विस्मृत-सा आवेग फिर उसकी शिराओं में जाग उठा। दोनों कुर्सी से उतर फर्श पर आ गए थे। मार्था लेटी हुई थी। भारी-भरकम निष्क्रिय-सी देह उसकी। आँखें अब भी बंद किए थी। शायद वह अपने आपको देखने से बच रही थी। बैनर्जी के हाथ उसके अंतर्वस्त्रों को ढूँढ़ने लगे। मार्था ने हल्का-सा प्रतिवाद किया, "तुम्हारी पत्नी को पता चले तो क्या कहेगी ?"

पर बैनर्जी ने सोचा हुआ था कि इस बार वह उसे अपमानित होने नहीं देगा।

ब्रह्म-वाक्य

'भंबा-कलाँ' और 'भंबा-खुर्द' दो छोटे-छोटे गाँव हैं, जिनके बीच की दूरी मुश्किल से आधा मील भी नहीं होगी। देखा जाए तो सैयद बुल्हे शाह का मकबरा, मिशन स्कूल और छिटकी-छितरी तमाम मिट्टी की झोंपड़ियाँ भंबा-कलाँ और भंबा-खुर्द को तकरीबन एकाकार ही किए हुए हैं। इसीलिए इन दोनों गाँवों को अक्सर भंबा ही कहा जाता है।

गाँव में ज्यादा तादाद सिक्ख किसानों की ही है। सारी जमीनें भी इन्हीं की मिल्कियत हैं। मुसलमान या तो सिक्ख मालिकों की जमीनों को जोतते हैं या फिर बुनकरों, कुम्हारों के छोटे-मोटे धंधे करते हैं। गाँव के बाहरी छोर पर कुछ झोंपड़ियाँ ईसाई परिवारों की हैं, जो नौकर-चाकरों का काम करते हैं। हिंदू दुकानदारों की किरयाने की दुकानें हैं जहाँ वे साबुन, तेल, नमक, मसाले, कपड़े, कैंचियाँ, शीशे और जापानी खिलौने वगैरह बेचते हैं।

भंबा में कभी ऐसा कुछ नहीं होता, जिसे महत्त्वपूर्ण कहा जा सके। साल में एक बार बुल्हे शाह की मजार पर मेला लगता है, जिसमें हिंदू, सिक्ख, मुसलमान सभी आस-पड़ोस के गाँवों से आकर इकट्ठे होते हैं। उनकी औरतें मजार पर चढ़ावे चढ़ाती हैं और अपनी बाँझ कोखों को हरा-भरा करने के लिए गंडे-तावीज खरीदती हैं। साल में एक बार सिक्ख कंधों पर लंबी तलवारें लटकाए अमृतसर के मेले में भी जा पहुँचते हैं। इस सबके अलावा समय-समय पर गाँव में पुलिस का आगमन भी खास कौतूहल पैदा करने वाला होता है। पी-पिलाकर झगड़ते हुए कोई किसी का सिर फोड़ डाले या किसी की जनानी या बेटी को भगाकर ले जाए या फिर कहीं अवैध शराब बनाने के धंधे का पता चले तो पुलिस को आना ही पड़ता है। कभी-कभी तो बिना कुछ हुए ही पुलिस आ धमकती है। किसी कारण से नहीं, बल्कि सिर्फ कच्ची शराब पीने या मुफ्त के अंडे-मुर्गियाँ निगलने। जो ज्यादा तू-तड़ाक करे और मेहमान-नवाजी से इनकार करे तो उनके घरों से पुलिस अवैध हथियार, शराब, अफीम, कुछ भी बरामद कर सकती है। ऐसे में उन्हें दोनों में से एक को चुनना होता है—या तो जेल जाएँ या फिर मेहमाननवाजी की कला को सीखने की जहमत उठाएँ।

इन सब अपवादों के अलावा भंबा में और कुछ नया नहीं होता। सुबह के वक्त, जब मर्द खेतों में काम करते हैं और बच्चे मवेशियों को चराने निकल जाते हैं, औरतें घरों में बैठी अनाज पीसती हैं या चरखा कातती हैं। खाना तो बनाना ही पड़ता है। हाँ, दोपहर बाद वे सभी थोड़ा सुस्ता लेते हैं। दोपहर बाद ही डीजल तेल से चलने वाली आटे की चक्की चलनी शुरू होती है। गाँव की ठिगनी छतों में सिर उठाती इसकी चिमनी के मुँह पर चक्की के मालिक ने मिट्टी

का एक मटका लगाया हुआ है, जो इंजन की भक-भक को कर्णभेदी विस्फोटों में बदलता रहता है। चक्की चलने का नीरस नाद भंबा के ओर-छोर पर मीलों दूर तक सुना जा सकता है। इसी पार्श्व-संगीत की पृष्ठभूमि में दुपहरी के झोंके लिए जाते हैं और सुस्ताते-सुस्ताते गप्पबाजी भी की जाती है।

वसंत का मौसम था, दोपहर का समय। दो-दो, चार-चार के गुटों में सुस्ताते लोग धूप सेंक रहे थे। आदमी कूल्हों के बल बैठे चक्की से उठते शब्दनाद को सुनते हुए सामने वाले घरों की मिट्टी की दीवारों को बेमतलब घूर रहे थे। औरतें मूँज की चारपाइयों में धँसी बतियाते-गपियाते एक-दूसरे के बालों में देसी घी मल रही थीं। इस साल फसल बहुत अच्छी हुई थी। दूर-दूर तक फैली सरसों का हरा और पीला विस्तार चारों ओर सुख-समृद्धि का आलम बिखेर रहा था।

अचानक ही मानो गाँव में हलचल-सी मच गई हो। बच्चे उत्सुकता में दीवाने हुए अपने-अपने दोस्तों-यारों को खबर देने भागे। मिट्टी से भरी कच्ची सड़कों को रौंदती एक मोटरगाड़ी धूल के बादल उड़ाती भंबा की तरफ बढ़ी आ रही थी। भूरे रंग की स्टेशन-वैगन में पाँच-छह लोग बैठे थे। शोर मचाती हुई गाड़ी के पीछे-पीछे बच्चों की टोली दौड़ रही थी। कुछ तो इसके पिछले बंपरों पर चढ़ भी गए। गाँव के कुत्ते भी इकट्ठे होकर भौंकते हुए गाड़ी के मडगार्डों पर झपटने लगे। गाँव की चौपाल पर आकर मोटरगाड़ी रुकी तो कुछ देर तक धूल के बवंडर में खो-सी गई। जब गर्द कुछ छँटी तो नाक पर रूमाल रखे पाँच आदमी नीचे उतरे। सबसे आगे थे अंग्रेज डिप्टी कमिश्नर मिस्टर फॉरसाइथ जो देखने में थोड़े नाटे और तगड़े थे। उन्होंने खाकी कपड़े पहन रखे थे और सिर पर हैट लगाया हुआ था। पीछे-पीछे चल रहे थे दो पुलिस-कर्मी और उनकी गाड़ी का ड्राइवर। उनके साथ एक ऑनरेरी मैजिस्ट्रेट भी था। नाम था सरदार गंडासिंह। गंडासिंह पड़ोसी गाँव 'गंडासिंहवाला' का जाना-माना जमींदार था।

गाँव वालों की एकत्रित हुई भीड़ में से निकलकर भंबा के जैलदार और लंबरदारों ने अंग्रेज कमिश्नर साहब को दुहा-सलाम की। साहब इससे पहले कभी भंबा नहीं आए थे। आखिर कौन-सा सुअवसर राजाधिराज परवरदिगार कमिश्नर साहब को खींचकर उनके गाँव में ले आया है!

डिप्टी कमिश्नर साहब बड़े सौजन्य से मुसकराए और जैलदार के साथ उसके घर की तरफ चल पड़े।

मिस्टर फॉरसाइथ बेंत की एक आरामकुर्सी में बैठ गए। उनका साथी गंडासिंह स्टील की हरे-से रंग की कुर्सी पर उनके करीब ही बैठ गया। गाँव वाले आदर-सत्कार जताते उनकी कुर्सियों के इर्द-गिर्द घेरा डाले खड़े हो गए।

फॉरसाइथ ने अपना हैट उतारा और अपनी गंजी गुलाबी चाँद को रूमाल से पोंछने लगे। इशारे से उन्होंने लोगों को बताया कि वे उनसे कुछ कहना चाहते हैं। लोगों में खामोशी छाने लगी। फॉरसाइथ अब भी अपनी गंजी चाँद को पोंछते जा रहे थे, ताकि भीड़ पूरी तरह शांत होकर उनको सुनने के लिए व्यग्र हो जाए। उन्होंने गंडासिंह का परिचय देने में एक

लंबा-चौड़ा भाषण दे डाला ।

गंडासिंह को परिचय की जरूरत नहीं थी । जिले का बच्चा-बच्चा उसे जानता था । किसानों और कांग्रेस के आंदोलनों को कुचलने में उसने सरकार की मदद की थी । इसके एवज में उसे जमीनें, खिताब और ऑनरेरी मैजिस्ट्रेट का यह पद मिला था । वह तमाम गुंडे-बदमाशों का जाना-माना संरक्षक था । उसके आदमी बेधड़क होकर उसकी छत्रछाया में लूटपाट करते थे और पुलिस के आदमियों के साथ मिल-बाँटकर खाते थे । उसकी शराब की भट्ठियाँ खुले-आम चलती थीं । उत्पादन-शुल्क वसूलने वाले अधिकारियों को भी घूरों में खमीरी हुई शराब की तरह-तरह की किस्मों से संतुष्ट कर दिया जाता था । आवभगत करने में गंडासिंह का जवाब नहीं था । खिलाने-पिलाने में पक्का शेर था । काम के आदमियों के लिए तो वह गाँव की सलोनी छोकरियाँ भी जुटा देता था, जिनका भोलापन देखते हुए आदमी का ईमान मचल जाए ।

गंडासिंह से जिले का बच्चा-बच्चा घृणा करता था और वह भी इस सच्चाई से परिचित था । वह जहाँ भी जाता उसके साथ दो सशस्त्र अंगरक्षक चलते । छाती को घेरती काले रंग की कारतूसों वाली पेटी उसके कंधों से होती हुई कूल्हों तक लटकती रहती । पेटी की थैली में हर वक्त भरी हुई पिस्तौल रहती । भंबा में उसे सबने देखा हुआ था । माँड़ लगी पगड़ी का कुल्ला हमेशा सिर पर सगर्व ऐंठा रहता । काजल लगी उसकी आँखों और तेल से चुपड़ी चमकती काली दाढ़ी को देखते ही लगता कि कोई लंपट है । देखने में कद्दावर और हट्टा-कट्टा । लंबी सफेद कमीज घुटनों तक पहुँचती । सलवार का रेशमी नीला नाड़ा कमीज की कन्नी से झाँकता रहता । पैरों में काले रंग के पंप शू चलते ही चरमराने लगते ।

फॉरसाइथ की तारीफों ने तो उसे जिले का गौरव ही घोषित कर डाला था । अंत में उसने बताया कि गंडासिंह पंजाब विधानसभा के आगामी चुनावों के लिए खड़ा हो रहा है । सिक्ख-समुदाय के नेताओं ने उसे मनोनीत किया है ।

सुनते ही लोगों में दबी-दबी खुसुर-फुसुर शुरू हो गई । पर फॉरसाइथ ने इस पर अधिक ध्यान नहीं दिया । उसने भीड़ का विसर्जन किया और जैलदार तथा लंबरदारों के साथ लगान आदि के बारे में बातें करनी शुरू कर दीं । कुछ गज की दूरी पर खड़ा गंडासिंह भी दूसरे लंबरदारों के गले में बाँहें डाले बातें कर रहा था । वह उन्हें तरह-तरह से पटा रहा था—साहब उस पर मेहरबान हैं, लंबरदार जो भी चाहेंगे, वह साहब के मार्फत उनके लिए करवा सकता है । लंबरदारों को और क्या चाहिए था । साहब खुश रहें तो सब कुछ हो सकता है । और यह काम तो गंडासिंह ही करवा सकता है । एक लंबरदार को अपनी बंदूक के लिए लाइसेंस चाहिए था । दूसरे का नाम कर-निर्धारक के पद के लिए डिप्टी कमिश्नर के पास गया हुआ था । तीसरे का भतीजा एक्साइज एक्ट के तहत किसी मामले में फँसा हुआ था और उसका केस अटका हुआ था । डिप्टी कमिश्नर बस जरा मैजिस्ट्रेट के कान में डाल-भर दें कि अभियुक्त उनका अपना आदमी है । गंडासिंह ने सबकी सिफारिशों को अपनी डायरी में नोट कर लिया । लंबरदारों ने आगामी चुनावों में उसके पक्ष में सौ फीसदी मत दिलाने का वादा किया । गंडासिंह

ने फिर दोहराया—आखिर यह सिक्ख कृषक समुदाय की आबरू का सवाल है और फिर वह उन्हीं के गोत्र का भी तो है। उसके प्रतिद्वंद्वी नेशनेलिस्ट पार्टी के उम्मीदवार का तो खेती-बाड़ी से कोई सरोकार ही नहीं है। वह तो शहर में वकालत करता है। रहा किसान उम्मीदवार तो वह बेशक उन्हीं में से एक है पर उसका तो कोई धर्म ही नहीं है। इसके अलावा सरकार उसके हक में भी नहीं है। सुरक्षा की दृष्टि से कई बार उसको जेल भेजना पड़ा है।

फॉरसाइथ और गंडासिंह की टोली शाम को वापस लौट आई। उनका आना भंबा के शांत स्थिर तालाब में कंकरी फेंकने-जैसा था, जिसकी मचाई हलचल कई दिनों तक स्थिर नहीं हो पाई। परिणामस्वरूप भंबा से कई दिनों के लिए शांति ने विदा ले ली।

दूसरे दिन भंबा के निवासी फिर चक्की के शोरगुल के बीच बातें करते-करते धूप सेंक रहे थे। उनकी बातों का विषय फॉरसाइथ महोदय ही थे। अचानक बच्चों के शोर-शराबे और कुत्तों के भौंकने से उनका ध्यान बँटा। इस बार घुसपैठिए क्रीम रंग की लॉरी में बैठकर आए थे, जिसकी छत पर एक लाउडस्पीकर भी लगा था। दोनों तरफ के मडगार्डों पर बत्तियाँ लगी थीं, जिनमें नेशनेलिस्ट पार्टी के लंबे-चौड़े झंडे फड़फड़ा रहे थे।

लॉरी गाँव की चौपाल पर आकर रुकी। वाहन धूल-गर्द के अंबार में लिपटा खड़ा था। आगंतुकों को अभी किसी ने ठीक से देखा भी नहीं था कि लाउडस्पीकर ने दहाड़ना शुरू कर दिया। खँखारते हुए किसी ने घोषणा की—"भंबा के निवासियो, आपको खबर है कि पंजाब विधानसभा के चुनाव करीब आ रहे हैं ? आप जानते हैं कि आपका इस चुनाव के मुतल्लिक क्या फर्ज है ? सरदार करतारसिंह एडवोकेट को वोट दें। सरदार करतारसिंह नेशनेलिस्ट पार्टी के उम्मीदवार हैं।"

क्षण-भर के लिए खामोशी छा गई। माइक्रोफोन में किसी ने आवाज लगाई—"सरदार करतारसिंह।" दर्जनों आवाजों ने एक साथ दोहराया—"जिंदाबाद !" ये नारे इतने धमाके के साथ, इतनी बार दोहराए गए कि वहाँ इकट्ठे हुए कुत्ते दुम दबाकर भाग खड़े हुए।

लॉरी की अगली सीट पर से उठकर करतारसिंह जनाब नीचे उतरे। पिछली सीट से गांधी टोपियों में सजे दर्जन-भर युवक प्रकट हुए। उन्होंने हाथ के बुने खादी के कुर्ते और धोतियाँ पहन रखी थीं। हाथों में बंडल-के-बंडल पोस्टर थे।

करतारसिंह इससे पहले कभी भंबा नहीं आया था, फिर भी बहुत-से गाँव वाले उसे जानते थे। बड़ी-बड़ी फीसें देकर कई मुकदमों में लोग उसे अपना वकील कर चुके थे। फिर भी इस वक्त उसको पहचान पाना मुश्किल लग रहा था। उन्होंने तो उसे सिर्फ अंग्रेजी पहनावे में ही देखा था—काला कोट, नेकटाई और धारीदार पतलून में। अभी तो उसने लंबा-सा कुर्ता, पाजामा और पैरों में जूतों के बदले चप्पलें पहन् रखी थीं।

करतारसिंह अपने मोटे थुलथुल काले-कलूटे साथी के साथ जैलदार के घर की तरफ चल पड़ा। बाकी नौजवान गाँव में पोस्टर चिपकाने में जुट गए। जैलदार का दरवाजा बंद था। उसका कहीं अता-पता नहीं था। गाँव वालों ने कसम उठाई कि लॉरी आने तक तो वह वहीं था,

अब शायद आवभगत की तैयारी करने ही कहीं गया होगा। तभी जैलदार का छोटा-सा लड़का बाहर आया और बोला कि बापू पैखाने गए हैं। गँवाई मुसकरा पड़े। भीड़ लॉरी के पास लौट आई। करतारसिंह और मोटा साथी कोशिश करके लॉरी की छत पर जा चढ़े। माइक्रोफोन उनके हाथों में थमा दिया गया।

करतारसिंह ने लोगों को अपने साथी सेठ सुख्खांकर का परिचय दिया। सेठ जी नेशनेलिस्ट पार्टी के जाने-माने नेता थे। पंजाब विधानसभा के लिए निर्विरोध चुन लिए गए थे। लखपति आदमी—कपड़ों की कितनी ही मिलों के मालिक ! विदेशी कपड़ों के बहिष्कार के आंदोलनों के दौरान उन्होंने लाखों के वारे-न्यारे किए थे। लड़ाई के गत पाँच सालों में अंधाधुंध दौलत कमाई थी। सरकार से उनकी कोई सहानुभूति नहीं थी। सो काले बाजार में निर्द्वंद्व भाव से खरीद-फरोख्त करते थे। लोग भूखे-नंगे थे तो क्या ? सेठ के गोदामों में गेहूँ के बोरे जमा रहते थे और वे उन्हें मनचाहे दामों पर बेचते। वे एक प्रचंड ब्रिटिश-विरोधी हिंदुस्तानी थे। चाहते थे कि तमाम हिंदुस्तानी एकजुट हो जाएँ। उनके भाषण का सारांश था कि यदि चालीस करोड़ हिंदुस्तानी एकजुट होकर किसी तालाब में थूक भी दें, तो इतना थूक इकट्ठा हो सकता था कि उसमें सारी-की-सारी अंग्रेज आबादी को डुबोया जा सकता है। लेकिन दुर्भाग्य से सामूहिक हत्या की ऐसी सुविधा कभी मुहैया नहीं हो सकी। सेठ जी ब्रिटिश-विरोधी तो थे ही, एक प्रमुख सोशलिस्ट-विरोधी भी थे। उनकी नजर में सोशलिस्टों ने उनकी मिलों में ऐसे वक्त हड़तालें करवाईं जब वे सस्ते देशी माल से बाजारों को लादकर विदेशी माल का भट्ठा बैठा सकते थे। उनकी नजर में ये लोग विदेशों के एजेंट थे।

सेठ सुख्खांकर के बाद करतारसिंह की बोलने की बारी आई। गंडासिंह के बारे में उसे पूरी जानकारी थी। उसने लोगों को सावधान किया कि गंडासिंह जैसे आदमी को कोई भी वोट न दे। वह अपनी दाढ़ी छँटवाता है और नशेबाजी करता है। करतारसिंह ने गाँव वालों को दूसरे प्रतिद्वंद्वी 'किसान' के झूठे प्रचार से भी बचने से आगाह किया। इस उम्मीदवार का न कोई धर्म है न जाति। अरे, ये अनैतिक गद्दार लोग हमारी धन-दौलत में हिस्सेदारी करने के साथ-साथ हमारी बहू-बेटियों पर भी नजर उठाएँगे।

सेठ सुख्खांकर की पार्टी जैसे आई थी, वैसे ही चलती बनी। पीछे छोड़ गई करतारसिंह के नाम के नारे और गर्द-गुबार के बादल।

आए दिन नए-नए चेहरे भंबा में आते और भाषण पर भाषण पिलाकर जाते। भंबा के बाशिंदों की निजी जिंदगी अब निजी नहीं रही थी।

गंडासिंह के आदमियों ने उसके पक्ष में कहा, "अरे, उससे क्या हुआ ? खेती-बाड़ी करने वाला सिक्ख मर्द है। पीता है तो क्या हुआ ? भला कौन-सा खेतिहर सरदार नहीं पीता ? करतारसिंह क्या है ? शहरी वकील है। सेठों-महाजनों का पिट्ठू। सेठ सुख्खांकर ने पैसे के जोर पर लंबरदारों को नेशनेलिस्ट पार्टी के हक में वोट दिलाने की दलाली नहीं की क्या ? कहाँ से आया इतना रुपया-पैसा—पोस्टरों, लारियों और वोटरों को खरीदने के लिए ? करतारसिंह

कोई इतना बड़ा वकील तो नहीं कि अपने ही बलबूते पर यह सब कर पाता ?

एक-दूसरे पर कीचड़ उछालने के बावजूद गंडासिंह और करतारसिंह दोनों एकमत थे कि 'किसान' उम्मीदवार को पत्ता न मिलने पाए । पर अभी तक तो कोई 'किसान' भंबा में पहुँचा नहीं था । गाँव वाले बेसब्री से अब इस नास्तिक और अनैतिक गद्दार की राह देख रहे थे ।

तब, बसंत की एक दुपहरी में, जब भंबा-वासी खाली बैठे धूप सेंक रहे थे, 'किसान' ने एकाएक पदार्पण किया । न तो उसके स्वागत में कुत्ते भौंके, न ही बच्चों की टोलियाँ आगे आईं, क्योंकि उन्हें उसे आने की आहट ही नहीं हुई । सफेद पगड़ी पहने, छाती तक लटकती सफेद दाढ़ी वाला 'किसान' सफेद घोड़ी पर बैठ आया था ।

'किसान' का नाम बाबा रामसिंह था । भंबा में सब उसके नाम से परिचित थे । 'किसान' आंदोलन के तहत वह कई बार जेल जा चुका था या यों कहें कि उसकी ज्यादातर जिंदगी जेल में ही बीती थी । उसकी सारी जमीन-जायदाद जब्त कर ली गई थी और अब वह एक तरह से बेघरबार ही था । लेकिन इतना जरूर था कि गाँव में हरेक का दरवाजा उसके लिए खुला था । वह जहाँ जाता, लोग उसके पाँव छूते । माताएँ अपने बच्चों को लाकर उससे आशीषें दिलातीं । उसकी उम्र के कारण लोग उसे 'बाबा जी' कहते ।

गाँव वाले उसके इर्द-गिर्द जमा होने लगे । उसके घोड़े की लगाम और उसके धूल-भरे पैरों पर सिर नवाने लगे । बाबा जी का भंबा में आगमन किस कारण से हुआ है ? उन्होंने बताया कि वे भंबा से विधानसभा के लिए खड़े हो रहे हैं । लोगों में वाहवाही मच गई । तभी एक ग्रामीण ने उठकर पूछा—"नेशनेलिस्ट पार्टी दो उम्मीदवारों को तो खड़ा नहीं कर सकती ? वकील करतारसिंह तो खुद बोलकर गया है कि वह नेशनेलिस्ट पार्टी का उम्मीदवार है । तब बाबा जी किस पार्टी के हैं ?"

बाबा का जवाब सुनकर लोग हक्के-बक्के रह गए, "किसान !"

किसान ? लेकिन बाबा तो धर्मभीरु इंसान हैं, जिन्होंने अपना तमाम जीवन कृषकों की सेवा में बिताया है । गद्दार ? भला यह गद्दार कैसे हो सकते हैं ? सरकार ने इन्हें बीस साल तक जेलों में सताया है । सारी जमीन-जायदाद भी जब्त कर ली थी । अनैतिक होने का भी सवाल नहीं उठता था । बाबा तो साक्षात गुरु जैसे लगते हैं । न तो इन्होंने कभी दाढ़ी मुँडाई, न ही कभी शराब को हाथ लगाया । लोग असमंजस में पड़े हुए थे ।

बाबा रामसिंह ज्यादा देर नहीं रुके । बाबा ने बताया कि उन्हें गाँव वालों के वोट चाहिए, ताकि वे उन्हें फिरंगियों से आजादी दिला सकें और शोषण करने वाले जमींदारों से मुक्ति, ताकि वे पुलिस के गुंडों और भ्रष्ट प्रशासकों के खिलाफ लड़ सकें । उन्होंने अपने प्रतिद्वंद्वियों का नाम भी नहीं लिया ।

कोई दूसरा 'किसान' भंबा में नहीं आया । न ही बाबा ने फिर कभी दोबारा दर्शन दिए । वे अकेले ही गाँव-गाँव घूमते हुए अपने उसी शांत सौम्य ढंग से फॉरसाइथ सरकार और सुखांकर की भ्रष्ट तरीकों से अर्जित दौलत की धज्जियाँ उड़ाते रहे ।

मतदान के ठीक एक दिन पहले राजद्रोही भाषण देने के आरोप में उन्हें गिरफ्तार कर लिया गया।

सभी पड़ोसी गाँवों की तरह भंबा में भी मतदान हुआ। गंदे-मंदे सिक्ख किसान गंडासिंह की पिलाई शराब में धुत होकर सेठ सुखांकर की लारियों से नीचे उतरे। लेकिन उन्हें अच्छी तरह होश था कि वोट किसे देना है। हजारों की संख्या में लोग मतदान करने आए। अनपढ़, गँवार तो थे, सो अपने-अपने उम्मीदवारों के नाम बताए और घर लौट आए। घर वापस लाने के लिए न तो वहाँ सेठ की लारियाँ ही खड़ी थीं, न ही आगे के वास्ते शराब की बोतलें थमाने को गंडासिंह के लोग।

दस दिन बार फॉरसाइथ के दफ्तर में मतों की गणना हुई। बाहर भीड़ की भीड़ जमा थी। कोई करतारसिंह के तो कोई गंडासिंह के नाम के नारे लगा रहे थे। बाबा रामसिंह का तो कहीं नामोनिशान भी नहीं था। ग्यारह बजे के करीब फॉरसाइथ महोदय दफ्तर की सीढ़ियों पर प्रकट हुए। मुसकराते हुए उन्होंने परिणामों को पढ़ना शुरू किया–

1. सरदार गंडासिंह, ऑनरेरी मैजिस्ट्रेट–10,560 मत
2. सरदार करतारसिंह, एडवोकेट–8,340 मत
3. बाबा रामसिंह–760 मत

आखिरी उम्मीदवार की जमानत जब्त कर ली गई थी।

जनता ने अपना फैसला सुना दिया था। आखिर जनता की आवाज ही तो ब्रह्म-वाक्य होता है।

साहब की बीवी

"हाँ तो, कहिए, मैं आप लोगों की क्या सेवा कर सकता हूँ ?" पाइप की नली में क्लीनर घुसाकर उसे साफ करते हुए मिस्टर सेन ने नजरें मिलाए बगैर ही आगंतुकों से पूछा। कुरेदे हुए कूड़े को फूँक मारकर उड़ाने लगे तो लोगों के हाथों में लटकती गेंदे और गुलाब की फूलमालाओं पर पड़ा। अच्छा तो इन्हें पता चल गया था कि आज सुबह ही वे विवाह-बंधन में बँधे थे। अपनी ओर से तो उन्होंने इसे पूर्ण रूप से गुप्त रखने की कोशिश की थी, पर अपने इस मुल्क में भला किसी भी रहस्य को कभी छुपाया जा सकता है ?

पाइप की नली को पाइप के 'बाउल' से जोड़कर उन्होंने इसमें फिर फूँक मारी और नीची नजरों से ही देखा कि आगंतुक जरा व्यग्र-से होने लगे हैं। प्लास्टिक की छोटी-सी तंबाकू की थैली खोलकर वे अपना पाइप भरने में लगे रहे। आगंतुकों में कुछ देर फुसफुसहाट होती रही। फिर उनमें से एक ने कुछ कहने के लिए अपना गला साफ किया।

"हाँ तो, मिस्टर बैनर्जी, क्या परेशानी है आपको ?" सेन साहब ने उसी नीरस लहजे में पूछा।

"सॉर," बाबू तबके के सुपरिन्टेंडेंट ने जवाब दिया, "भी केम टु भिश योर गुडशेल्फ लांग लाइफ एंड हैपीनेश !" (सर, हम सब आपको चिरायु और सदा सुखी रहने की मंगल-कामनाएँ देने आए हैं) उसने चपरासियों को आदेश दिया कि साहब के गले में फूलमालाएँ डाल दी जाएँ।

चपरासी फूलमालाएँ लेकर आगे बढ़े ही थे कि साहब ने उन्हें विनम्रतापूर्वक रोकते हुए आदेश दिया, "मेज पर रख दो, ऑन द टेबल।" चपरासियों के हाथ जहाँ के तहाँ थम गए। मुसकराना भूलकर वे खीसें निपोरते हुए फूलमालाओं को मेज पर रख बाबुओं की पंक्ति के पीछे जा खड़े हुए।

"बस यही बात थी ?" मिस्टर सेन उठकर खड़े हो गए, "तब काम पर वापस चला जाए। और हाँ, आप सबकी शुभकामनाओं के लिए मेरा बहुत-बहुत धन्यवाद !" लोग समझ गए कि साहब का इशारा रुखसत लेने का है।

"बैनर्जी, तुम जरा थोड़ी देर बाद फिर आना। मैं बाहर जा रहा हूँ, कुछ दिनों के लिए। काम के रिडिस्ट्रीब्यूशन (पुनर्वितरण) के लिए तुमसे कुछ मशविरा करना था।"

"शर्टेनी, सॉर !"

हाथ जोड़कर, नमस्ते करके वे सब धीरे-धीरे बाहर निकल गए।

पाइप से निकलते हुए धुएँ को छल्लों में छत की तरफ उठते हुए देखते-देखते सेन फिर खयालों में खोने लगे। उनके जीवन का नया अध्याय शुरू हुआ था। हिंदुओं के लिए विवाह का यही अर्थ है—वेदों के अनुसार जीवन की चार अवस्थाओं में से तीसरी अवस्था। उन्हें खुद ही हैरानी हुई कि वे सोचते-सोचते कहाँ से कहाँ पहुँच गए हैं। वे सोच रहे थे कि हिंदुओं के जीवन का कोई भी क्षेत्र धर्म के स्पर्श से अछूता क्यों नहीं है। लेकिन उनके पिता विचारों से कोई विशेष रूढ़िवादी नहीं थे। हिंदू होते हुए भी उन्होंने उन्हें ऐंग्लो-इंडियन स्कूल में दाखिल कराया था जहाँ लड़कों ने उनका नाम संतोष से बदलकर 'सनी' रख दिया था। उसके बाद वे 'बैलियल' चले गए। स्वतंत्रता से पूर्व ही भारतीय प्रशासनिक सेवा में ले लिए गए थे। यह तो बाद में स्वतंत्र हिंदुस्तान की सरकार ने राष्ट्रीय भावनाओं के अंतर्गत हिंदी और एक मातृभाषा को पढ़ना अनिवार्य कर दिया था। लेकिन हिंदुस्तानी भाषाओं के प्रति उनका अज्ञान उनके लिए किसी प्रकार भी बाधा नहीं बना। बल्कि यों कहें कि वे इसकी आड़ लेकर दूसरों को प्रभावित ही करते थे। अपने लहजे और चाल-ढाल के कारण वे लोगों में आसानी से घुल-मिल नहीं पाते थे। पर एक तरह से अच्छा ही था—वे उन लोगों की तरह ईर्ष्या-जलन और चुगली आदि की प्रवृत्तियों से बचे रहे थे। फिर भी लोग उनका साथ पसंद करते थे, क्योंकि वे हिंदुस्तानी होते हुए भी हिंदुस्तानियों की तरह नहीं थे। वे थे एक ब्राउन ब्रिटिश जेंटलमैन !

अपने देश से सेन को अगर किसी कारण कोई लगाव था तो वह था अपनी माँ के कारण। बेचारी विधवा थी। परंपरा के अनुसार उसने अपने सिर के बाल मुँड़वा दिए थे। सिर्फ सफेद धोती पहनती और नंगे पैर चलती। वे उसकी एकमात्र संतान थे। जो भी बन पाता, दोनों माँ-बेटे एक-दूसरे के लिए करते थे। माँ ही उनका घर सँभालती थी। ज्यादातर तो वे बैरे के बनाए 'लैम्ब चॉप्स' और 'शेफर्ड्स पाइ' ही खाते थे, पर कभी-कभी माँ का मन रखने के लिए उसके हाथ का पकाया भात, माछ और मिष्टी भी खा लेते। घर के एक कमरे को माँ ने मंदिर में परिवर्तित कर रखा था, जहाँ वह धूप-अगरबत्ती जलाकर घंटियों की मधुर ध्वनि के बीच काली माँ की पूजा किया करती थी। पर उसने उन्हें कभी पूजा करने के लिए बाध्य नहीं किया। इसी तरह वे खुद हिंदुस्तानी फिल्में देखना बिलकुल पसंद नहीं करते थे, पर माँ को महीने में एक फिल्म जरूर दिखा लाते थे। माँ भी शाम को उनके स्कॉच पीने का या अपनी उपस्थिति में सिगरेट पीने का बुरा न मानती थी। न ही कभी पूछती कि वे कहाँ आते-जाते थे, क्या करते थे। जब तक माँ ने उनकी शादी की बात नहीं छेड़ी थी, उन दोनों की खासी निभ रही थी।

पहले तो वे मजाक में बात टालते रहे। पर धीरे-धीरे माँ का आग्रह बढ़ता ही गया। वह चाहती थी कि अब उन्हें अपने जीवन में सुचारु रूप से व्यवस्थित हो जाना चाहिए। आँखों में आँसू भरकर उसने उनसे कहा कि मरने के पहले वह अपने पोते को गोद में खेलाना चाहती है। आखिरकार उन्हें हार माननी ही पड़ी। शादी के मुतल्लिक उनकी कोई विशेष धारणा नहीं थी। लड़की कैसी हो, यह भी उन्होंने नहीं बताया। मुल्क में लौट आने के बाद इससे बुरा और

क्या हो सकता था कि अपनी जात-बिरादरी में शादी करनी पड़े । उन्होंने माँ से कहा, "ठीक है माँ, तुम मेरे लिए बहू ढूँढ़ो । जो भी लड़की तुम्हें पसंद होगी, मैं उससे शादी कर लूँगा ।"

माँ ने कई दिनों तक बात नहीं छेड़ी । फिर एक दिन उसने देहरादून से अपने भाई को बुलाया । दोनों ने मिलकर एक वैवाहिक विज्ञापन तैयार किया और 'हिंदुस्तान टाइम्स' के दो क्रमागत रविवारीय अंकों में छपने के लिए दिया । हिंदी में अनुवाद करें तो विज्ञापन इस प्रकार था—

'ऑक्सफोर्ड शिक्षित, फर्स्ट क्लास गजेटेड सरकारी अफसर, मासिक आय 1000/-, बंगाली, उम्र 25 वर्ष के लिए उच्चवर्गीय संभ्रांत परिवार की गोरी, सुंदर कन्या चाहिए । जाति और दहेज का बंधन नहीं । जन्मकुंडली के साथ पत्र-व्यवहार करें । पो०आ०बा०नं० 4200'

पहले हफ्ते के विज्ञापन के जवाब में तकरीबन पचास खत आए । लड़कियों की तस्वीरों के साथ-साथ जन्मकुंडलियाँ भी संलग्न थीं । दूसरे हफ्ते के विज्ञापन के बाद पत्रों को छाँटा गया और बड़े उत्साह से 'सनी' की माँ और मामा ने तकरीबन सौ फोटोग्राफ खाने की लंबी-चौड़ी मेज पर फैला दिए । लड़कियाँ कुँवारी थीं और गृहकार्य में दक्ष थीं, माँ-बाप ने लिखा था तो मानना ही पड़ रहा था । पर जाति और दहेज का बंधन न मानने के बावजूद वही लड़कियाँ पसंद की गईं, जो उनकी जाति की थीं और जिनके पिताओं ने लंबा-चौड़ा दहेज देने का वादा किया था । अब निर्णय 'सनी' के हाथ में था ।

'सनी' को पहली बार पता चला कि उनके विवाह के लिए अखबार में विज्ञापन दिया गया था । वे बहुत क्षुब्ध हुए । उनकी शर्मिंदगी का ठिकाना न रहा, जब कलकत्ता-जैसी दूर-दराज की जगहों से चलकर लड़की वाले अखबार के दफ्तर से उनका पता लेकर दफ्तर में ही उन्हें देखने चले आए । उन्होंने माँ से साफ-साफ कह दिया कि अगर यह सब तमाशा बंद न हुआ तो वे कोई शादी-वादी नहीं करेंगे । सो माँ और मामा ने जल्दी-जल्दी सारा मामला निपटा दिया । लड़की वह पसंद की गई जिसके पिता ने सबसे भारी-भरकम दहेज देने का वादा किया । सगाई में ही लड़की के पिता ने शादी में दी जाने वाली रकम का एक बड़ा हिस्सा उन्हें थमा दिया । दोनों पक्ष लड़का-लड़की की जन्मकुंडली लेकर पंडित के पास गए । हथेली गर्म होते ही उसने घोषित कर दिया कि लड़का-लड़की एक-दूसरे के लिए सर्वथा योग्य हैं । दोनों पक्षों के लिए सुविधाजनक शुभ तिथि भी पंडित ने निकाल दी ।

इससे ज्यादा सहन करना अब 'सनी' की बर्दाश्त से बाहर था । उन्होंने मुँहफट होकर कह दिया कि वे शादी करेंगे तो कोर्ट में रजिस्ट्री से, वरना नहीं । माँ और मामा के पास हथियार डालने के सिवा अब और कोई चारा नहीं था । लड़की वालों ने थोड़ा-बहुत विरोध किया । रीति-रिवाज के मुताबिक शादी हो तो बारात की खातिरदारी होती है, दावते-जश्न होते हैं । भेंट-उपहार दिए-लिए जाते हैं, पंडित बैठता है । हजारों रुपयों का लेन-देन होता है । यह भी कोई शादी हुई भला ? रजिस्ट्रार की फीस—पाँच रुपए !

पर ऐसी ही थी श्रीयुत संतोष सेन और कुमारी कल्याणी दास की यह शादी । कल्याणी

श्रीयुत प्रोफुल्लो और प्रोतिमा दास की पाँच कन्याओं में से एक थी। श्री दास भी अपने जामाता संतोष सेन की तरह ही एक फर्स्ट क्लास गजेटेड सरकारी अफसर थे।

हनीमून के नाम पर भी कठिनाइयाँ आईं। माँ तो शर्म से ऐसी लाल हुई जा रही थी, जैसे 'सनी' ने कुछ अनुचित कह दिया हो। दास महाशय और उनके घर वाले भी परेशान थे कि लड़की अकेली ही, लड़के के साथ पंद्रह दिनों तक बाहर कैसे रहेगी! पर हारकर उन्होंने उसे उसकी किस्मत के सहारे छोड़ दिया। उसका पति साहबों की तरह पला-बढ़ा था, सो उसे भी उसके पदचिह्नों पर चलना चाहिए।

सेन की तंद्रा टूटी, जब उनके सहकर्मी संतासिंह ने कमरे में प्रवेश किया। अपनी बिरादरी की साख के अनुसार यह सरदार जी भी ऊँचा बोलनेवाला और जरा धाकड़ किस्म का था। "अरे भई, तुम क्या सोचते हो कि बिना पार्टी-वार्टी लिए हम तुम्हें छोड़ेंगे? अपनी भाभी के स्वागत में पार्टी लेकर ही रहेंगे!" घुसते ही वह चिल्लाया।

सेन उठे और सरदार जी को दूर ही रखने की चेष्टा में मेज पर हाथ टिकाकर खड़े हो गए। संतासिंह ने उनके प्रयत्नों को अनदेखा कर मेज के पार जाकर दोस्त को गले लगा लिया और उनके गालों को अपने मूँछों वाले होंठों से चूम लिया, "बधाई हो भाई, बधाई हो, भाभी से कब मिला रहे हो, यार?"

"बहुत जल्दी," सेन ने अपने आपको उसके बंधन से मुक्त करके अपने गालों को पोंछते हुए कहा। पर जल्दी ही उन्हें अपनी गलती का एहसास हो गया, "जैसे ही हनीमून से लौटकर आते हैं न, मिलाएँगे तुम्हें उससे।"

"हनीमून!" संतासिंह ने कटाक्ष करते हुए कहा और सेन का हाथ अपने हाथ में लेकर विषयाविष्ट से दबाया, "अरे भई, चमेली के तेल से मालिश-वालिश करवाई है कि नहीं? और जरा दूध में बादाम वगैरह डालकर पीना। और सबसे बड़ी बात कि भाभी को ज्यादा…" सरदार जी की बिन माँगी सलाहों और हिदायतों का ओर-छोर ही नहीं था कि किस प्रकार नई दुलहिन के पास जाना चाहिए और कामोत्तेजक चीजों का प्रयोग कैसे करना चाहिए। बिना कोई टिप्पणी किए सेन चुपचाप विनम्रतापूर्वक सुनते रहे। जब हद हो गई तो उन्हें हाथ बढ़ाकर रोकना ही पड़ा, "बड़ी मेहरबानी, आपने दर्शन दिए। हनीमून से लौटते ही हम दोनों आपको और मिसेज सिंह को मिलने आएँगे।"

संतासिंह का मुँह लटक गया। सेन के बढ़े हुए हाथ से हाथ मिलाकर बोला, "गुड बाय! हैव ए नाइस टाइम!"

सेन ने चैन की साँस ली। वे जानते थे कि उन्होंने किसी प्रकार की भी अशिष्टता नहीं की थी। सिर्फ वही किया था जो उनकी परिस्थिति में कोई भी सभ्य अंग्रेज करता।

एक मिनट बाद ही विभाग के डायरेक्टर श्री स्वामी को भीतर आने के लिए चपरासी ने पर्दा हटाया। सेन ने पुनः आगंतुक को दूर रखने के प्रयास में मेज से ही अपना हाथ बढ़ा दिया। गले-वले का खयाल ही उन्हें विरक्त कर जाता था।

"गुड मार्निंग, सर !"

डायरेक्टर ने मुँह से जवाब दिए बिना ही अपना हाथ सेन के हाथ से छुआ दिया । मुँह में पान की पीक भरी हुई थी । मुँह ऊपर करके पीक सँभाली और चपरासी को आवाज दी, "ए, पीकदान लाओ !"

सेन ने चपरासी से कहकर पीकदान अपने कमरे से हटवाया हुआ था । अतः बाहर से पीकदान लाकर चपरासी ने उनके मुँह के नीचे लगा दिया । श्री स्वामी ने पिच्च से थूका तो सेन मेज का दराज खोलकर माचिस ढूँढ़ने का उपक्रम करने लगे, मानो उसका थूकना उन्होंने देखा ही न हो । डायरेक्टर साहब आराम से सामने वाली कुर्सी में जम गए, "एह, यू सेन, यू आर ए डार्क हार्स (हॉर्स) । बाई गाड, ए पिच ब्लैक हार्स, इफ आई मे से सो ।" श्री स्वामी को अपने अंग्रेजी मुहावरों पर बड़ा नाज था, "तो भाई, तुम चुपचाप जाकर शादी बना लिया ? हैं ? अरे मेरा स्टेनो आज सुबेरे में आकर बोला जे 'हम लोगों को साहिब का मैरिज का खुशी में छुट्टी मनाना माँगता ।' हम पूछा—'मैन, कौन मैरिज ? किसका शादी ?' तो ओ बोला—'साब, सेन साब आज सुबेरा में शादी बनाया ।' 'बाई गाड,' हम बोला, 'पता लगाने को है कि सच्चा बात क्या है ? आई मस्ट गेट द ट्रूथ, द होल ट्रूथ, एंड नथिंग बट द ट्रूथ, राइट फ्राम द हार्सेस माउथ ।'"

डायरेक्टर साहब ने फिर मेज के पार अपना हाथ बढ़ाया, "तुम बहुत होशियार आदमी है अह ?" खीसें निपोरते हुए वह हँसा । सेन ने अपने बॉस का हाथ अंगुलियों के पोरों से छुआ और कहा, "थैंक यू, सर !"

"अरे, थैंक यू कैसा ? शादी वाला दिन भी तुम दफ्तर चला आया, दुनिया खतम हो जाएगा, न क्या, अगर जे तुम थोड़ा दिन वास्ते छुट्टी ले लेगा तो ? हम तुमको बॉस का रूप में आर्डर देता है जे अभी घर चला जाओ अपना वाइफ का पास । हम अभी एक डेमि-ऑफिशियल मीमो काटता है । देखें तुम क्या करता है तब ?" डायरेक्टर ने अपने आप से संतुष्ट होकर हाथ सेन की ओर बढ़ाया । सेन ने बॉस के विवेक की सराहना करते हुए अपना हाथ भी पुनः बढ़ा दिया, "थैंक यू सर, मैं सोचता हूँ, मैं घर चला ही जाऊँ ।"

"माई गाड, तुम तो पूरा साहिब है ! तुम्हारा वाइफ भी तुम्हारा माफिक मेमसाहिब तो नहीं है न ? नहीं तो पूरा जोंक हो जाएगा ।"

डायरेक्टर चला गया, लेकिन उसकी आखिरी बात सेन के मस्तिष्क में हथौड़ों की तरह बजती रही, "तुम्हारी वाइफ भी तुम्हारी तरह मेमसाहिब तो नहीं है न ? आई होप योर वाइफ इज नॉट ए मेमसाहिब, नॉट ए मेमसाहिब, नॉट ए मेम···"

'मेम साहिब ? उनकी पत्नी ?' लंच खाने के लिए घर की ओर बढ़ते हुए वे सोचने लगे । ऐसी कोई संभावना नहीं थी । कहने को तो वह अंग्रेजी साहित्य में एम०ए० थी, पर वे अपने मुल्क में ऐसे अनेक लोगों से मिल चुके थे जो डिग्रियों की लंबी लाइनों के बावजूद अंग्रेजी ठीक से नहीं बोल सकते थे । ज्यादा दूर क्या जाना था ? डायरेक्टर साहब को ही देख लें ?

विदाई के समय काफी रोना-धोना होता रहा था । दुलहिन तो कार में बैठी देर तक बिसूरती रही । आँखों तक घूँघट निकाला हुआ था और बाकी चेहरा नाक पोंछने के लिए लगाए रेशमी रूमाल से ढँका था । सेन ने पाइप जलाया तो उसने रूमाल को नाक पर और कस लिया । "तुम्हें धुएँ से तकलीफ तो नहीं ?" यही पहला वाक्य था जो सेन ने अपनी पत्नी से बोला था । उसने नकार में जोरों से सिर हिला दिया था ।

लंच खाने के लिए सड़क के किनारे एक आम के बगीचे के पास उन्होंने मोटरगाड़ी रोकी । उनकी माँ ने दोनों के लिए अलग-अलग लंच-पैकेट नाम लिखकर दिए थे । जिस पर 'सनी' लिखा था, उसमें था भुना हुआ मुर्गा और चीज-सैंडविच । दूसरे में उबला हुआ भात, अचार और एक कटोरे में झोलवाली सब्जी । उनकी पत्नी ने भात पर झोल उँडेला और हाथ से खाने लगी ।

वे दोनों एक-दूसरे से बोले बिना ही चुपचाप खाते रहे । थोड़ी देर में उनके चारों तरफ गाँव के बच्चे आकर जुटने शुरू हो गए । आते-जाते राहगीर भी रुककर तमाशबीनों की तरह खड़े उन्हें देखने लगे । कुछ वहीं कार के पास कूल्हों पर बैठ गए । नया ब्याहा जोड़ा देख सब उन्हें उत्सुकतावश घूर रहे थे । सेन जानते थे, इन गँवई लोगों से कैसे निबटना चाहिए । उन्होंने व्यंग्यात्मक स्वर में पूछा–

"क्या तुम लोग भूखे हो ?"

आदमी तो चुपचाप सुनते ही सरक गए पर कुछ शैतान छोकरे जहाँ के तहाँ जमे रहे । सेन अपना हाथ उठाकर गरजे, "बगर ऑफ, यू डर्टी बास्टर्ड्स !" छोकरों ने थोड़ी दूरी पर जाकर सेन की नकल उतारनी शुरू कर दी, "बगरॉफ, बगरॉफ ! अर्रे-अर्रे, ये तो साहब हँय, बड़का साहब !"

सेन ने उन्हें नजरंदाज करते हुए अपनी बीवी से मुसकराकर कहा, "अशिष्ट भाषा के लिए माफ करना । एक सैंडविच खाकर देखोगी ? पता नहीं, तुम मीट खाती हो या नहीं ? यह सलाद और पनीर वाला ले लो । बिलकुल ताजे चेडर-चीज का बना है ।"

मिसेज सेन ने अपने तरी से सने हाथों से सैंडविच पकड़ लिया । रोटी की तरह सैंडविच में से एक टुकड़ा तोड़कर झोल में डुबाकर मुँह में डाला । एक कौर काटकर ही उसने चबाना बंद कर दिया । अपने मोटे चश्मे से सेन की तरफ ऐसे देखा, जैसे उन्होंने उसे जहर ही खाने को दे दिया हो । उसके चेहरे का रंग बदलने लगा । कौर भीतर निगला न जा रहा था, सो उसने बाहर थूक दिया और दूसरी तरफ मुँह घुमाकर अपना वही झोल-भात खाने लगी ।

सेन ने हकलाते हुए माफी माँगी, "आई एम ड्रेडफुली सॉरी, चेडर-चीज तुम्हें अच्छा नहीं लगा, मुझे सोचना चाहिए था पहले ही ।"

मिसेज सेन ने अपना मुँह साड़ी के छोर से पोंछा और पानी माँगा । कुल्ला करके पानी के छींटे मुँह पर भी मारे । लंच का सारा मजा ही किरकिरा हो गया था । सेन ने खड़े होते हुए पूछा, "अगर तुम्हारी तबीयत ठीक हो तो गाड़ी स्टार्ट करूँ ?"

मिसेज सेन ने कटोरे को कपड़े में बाँधा और गाड़ी की तरफ बढ़ी । भीतर बैठकर उसने अपने हैंडबैग से चाँदी की एक डिब्बी निकाली और पान बनाने लगी । एक पत्ते में चूना, कत्था, कटी सुपारी के कुछ टुकड़े और इलायची डाल बीड़ा बनाकर पति की तरफ बढ़ाया ।

"माफ करना, मैं पान नहीं खाता । अगर तुम्हें एतराज न हो तो मैं अपना पाइप सुलगा लूँ ?"

मिसेज सेन को कोई एतराज नहीं था । बीड़ा उसने अपने मुँह में ठूँस लिया और मजे से चबाने लगी ।

वे वक्त पर रेस्ट हाउस पहुँच गए । रेस्ट हाउस के बेयरे ने सामान सँभाला और बिस्तर लगा दिया । उसने मिसेज सेन से खाने के बारे में पूछा । मिसेज सेन ने उसे साहब से पूछने को कहा । साहब ने जवाब दिया, "मेरे लिए कुछ भी बना दो । आमलेट वगैरह चलेगा । मेमसाहब से पूछ लो वे क्या पसंद करेंगी । तब तक मैं जरा घूमकर आता हूँ ।"

"साहब, ज्यादा दूर मत जाइएगा । यह जंगली जगह है । सावधानी से घूमिएगा । नदी पर जाने के लिए एक पगडंडी है । साहब लोग मछली पकड़ने के लिए उसी पगडंडी के रास्ते से जाते हैं । वह रास्ता साफ है ।" बैरे ने समझाया ।

सेन ने शयनागार में जाकर पत्नी से पूछना चाहा कि क्या वह उनके साथ टहलने जाना चाहती है । देखा, वह अपना सामान खोल रही थी, सो उन्होंने अपना इरादा बदल दिया, "मैं जरा नदी तक घूमने जा रहा हूँ । बैरे को बोलना बरामदे में सोडा और स्कॉच रख दे । मेरे सूटकेस में एक बोतल रखी है । खाने से पहले पी लेंगे ।"

पत्नी ने सिर हिलाकर हामी भरी ।

मछुआरों के जाने वाली पगडंडी साल के घने पेड़ों के बीच से होकर निकलती थी । पगडंडी नदी के कंकड़ों-पत्थरों से भरे किनारे पर जाकर खत्म होती थी । गंगा का दृश्य बड़ा ही मनोरम था । नदी के चौड़े पाट पर हिम-सा शीतल नीला जल सूर्य की स्वर्णिम आभा में चमक रहा था । मिस्टर सेन सोच रहे थे कि ऐसे शांत सुनसान स्थान पर खड़े होकर गंगा को निहारते साधु-संतों ने ही इसे संसार की समस्त नदियों में सबसे पावन घोषित किया होगा । उन्हें लगा, वे अपने आर्य-पूर्वजों के साथ एकाकार हो गए हैं । उनके पूर्वज प्रकृति के पुजारी थे । वे सूर्य की गरिमा के गीत गाते थे । पूर्ण चंद्र की आराधना में सोमरस पीते थे । वे मांस भी खाते थे और पूर्णयौवना कामिनियों के साथ रास-रंग करते थे । गंगा तब से कितनी लंबी यात्रा कर चुकी होगी । और अब तो हिंदुत्व स्वयं ही नदी-सा बन गया है, गंगा के अंतिम छोर—हुगली नदी-सा, जिसके किनारे बसे कलकत्ता नगर में उनका जन्म हुआ था । हरिद्वार, बनारस, इलाहाबाद, पटना और ऐसे ही अनेक तीर्थस्थानों में हजारों-हजार तीर्थयात्रियों तथा अन्य नगरवासियों द्वारा जले हुए शव आदि फेंकने के कारण प्रदूषित हुई गंगा कलकत्ते तक पहुँचते-पहुँचते तो कीचड़ और गंदगी का एक ठहरा हुआ विस्तार बनकर रह गई है । हिंदुत्व भी अब केवल गोरक्षकों, मद्य-

निषेधकों, और पान चबाने वालों की विरासत बन गया था । बनने दो, उनका क्या जाता है ? वे तो सामने चमकती इस स्वच्छ जलधारा, जैसे पुरातन हिंदुत्व के पुजारी थे । बहुमत का हिंदुत्व था बड़ी नदी के समान—सदियों से चली आई रूढ़ियों की गंदगी से कलुषित हुआ । वे पथरीले रास्ते पर बढ़ते हुए नदी तक पहुँचे । ठंडा शीतल जल अंजली में भरा और मुँह पर छिड़क लिया ।

जंगल के पेड़ों की छाया नदी पर लंबी होकर पड़ने लगी । शलभों की आवाजों से वन गूँज रहा था । सेन पीछे मुड़े और जल्दी-जल्दी अपने रेस्ट हाउस की ओर बढ़ने लगे । सूरज डूबने को था । शाम की शराब का वक्त हो चला था ।

बरामदे में गिलास लगे थे और सोडे की बोतलें पास पड़ी थीं । बैरा हाथ में चाबियों का गुच्छा लेकर आया, "साब, आपका बक्सा हम कैसे खोलेगा ? आप व्हिस्की निकाल दीजिए, साब !"

"अरे, तुम मेमसाब को क्यों नहीं बोला निकालने को ?"

बैरे ने गर्दन झुका ली, "मेमसाब बोला कि वो व्हिस्की का बोतल छूने नहीं सकतीं । हमको चाबी दे दिया । पर साब, आपका सामान को हम कैसे···अगर कोई चीज गुम हो···"

"ठीक है, ठीक है, तुम हमारा सूटकेस खोलो । व्हिस्की, ब्रांडी की बोतलें ऊपर ही पड़ी हैं । ले आओ । और मेमसाहब तैयार हो जाएँ तो डिनर सर्व कर दो ।"

साफ जाहिर था कि बीवी को अपने पास बैठकर साथ देने के लिए कहना बेकार था । उन्होंने अपने लिए स्कॉच का एक लंबा पेग भरा और अपना पाइप सुलगाकर बैठ गए । एक बार वे फिर अपनी जिंदगी के इस अनोखे मोड़ पर सोचने के लिए बाध्य हो गए । अगर यूनिवर्सिटी के दिनों में मिली अंग्रेज लड़कियों में से किसी एक से शादी हुई होती तो बात कुछ और ही होती । शादी के दौरान ही उन्होंने कई बार एक-दूसरे को चूमा होता । शादी की रात की तो बात ही क्या ? हाथों में हाथ डाल जंगल के बीचोबीच भटकते और नदी के तट पर प्रेम करते । एक-दूसरे की बाँहों में लेटते और स्कॉच की चुस्कियाँ लेते । प्रेम करते-करते बीच-बीच में कुछ खाते-चबाते रहते । भोर होने तक प्यार करते रहते, तो भी जी न भरता ।

व्हिस्की पीने के बाद उनके रक्त का प्रवाह बढ़ने लगा । कल्पना बलवती हो उठी । वे इंगलैंड में वापस पहुँचने लगे । सामने फैलते अँधेरे और घने जंगल की छायाओं ने उनकी उदासी को और भी घनीभूत कर दिया । अपने ही देश में वे अपनी ही नजरों में अजनबी से बन गए थे ।

उनकी बीवी आई और अपने बंगाली लहजे में बोली, "यू वांट टू शिट आउट शाइड ?"

उनकी तंद्रा टूटी और उन्होंने रुखाई से पूछा, "वॉट ?"

"डू यू वांट टू शिट आउट शाइड ऑर इनशाइड ? द डीनर ईज ऑन दि टेबिल ।"

उनका मन ग्लानि से भर गया । गुड लॉर्ड, अगर इसने उनके किसी अंग्रेज दोस्त के

सामने इस कदर बोला होता तो वह क्या सोचता ? "ओह, मैं अभी आता हूँ। तुम चलो। आई विल जॉयन यू इन ए सेकेंड।"

यही पहला मौका था जब मिसेज सेन उनसे कुछ बोली थी।

डायनिंग रूम में घुसते ही नारियल तेल की मीठी महक और गुलाब के फूलों की भीनी गंध उनके नथुनों में घुसी। उनकी पत्नी ने सिर धोकर तेल लगाया था। घुँघराले केश उसकी कमर के नीचे लटक रहे थे। विवाहिता स्त्री का सोहाग-चिह्न सिंदूर माँग में भरा था। शरीर गुलाब के इत्र से महक रहा था। जरूर इसकी माँ ने समझाया होगा। मेज पर वह धैर्य के साथ बैठी रही। हिंदू स्त्री थी। पति जब तक न खाए, वह कैसे खाना आरंभ कर सकती थी।

"सॉरी, तुम्हें इंतजार करवाया। तुम्हें खाना शुरू कर देना चाहिए था। तुम्हारा खाना तो ठंडा ही हो गया होगा।"

उसने बस सिर हिला दिया। उन दोनों ने खाना शुरू किया। उन्होंने अपने आमलेट और मक्खन लगी डबलरोटी को काँटे-छूरी से और उसने भात, दाल, तरकारी को अंगुलियों से। बातचीत शुरू करने के लिए सेन ने कई बार खँखारकर अपना गला साफ किया। लेकिन हर बार पत्नी के मोटे चश्मे के पीछे फैली शून्य दृष्टि को देखकर उन्हें लगा कि सब बेकार होगा, वह कुछ समझ नहीं पाएगी।

उनके मित्रों को पता चले तो वे उन पर हँसेंगे ही, "ओह, सनी सेन, अरे वह अपनी बीवी से बात कैसे शुरू करेगा। किसी ने बीवी का उससे विधिवत परिचय तो कराया ही नहीं। भई, जानते नहीं वह अंग्रेज है।"

डिनर चुप्पी में ही समाप्त हो गया। कल्याणी सेन ने हल्के से डकारा और अपना पानदान निकालकर बैठ गई। एक बीड़ा बनाया, क्षण-भर को कुछ सोचा और बीड़ा मुँह में भर लिया। सनी ने पहले से ही सोचा हुआ था कि हनीमून पर अपने कीमती हवाना सिगार पिएँगे। अपने लंबे सिगारदान में से एक सिगार निकालकर उन्होंने उसकी निचली तरफ से सोने के क्लिप से छेद किया और सुलगा लिया। सिगार के सुगंधित धुएँ से खाने का कमरा भर गया। अबकी बार कल्याणी ने मुँह पर साड़ी का पल्ला नहीं रखा। बस सिर्फ अंगुलियों में अंगुलियाँ फँसाकर मुँह के करीब इस तरह रखीं कि नथुनों में धुएँ की गंध भी न जाए और सेन साहब को बुरा भी न लगे।

वे दोनों मेज पर चुपचाप एक-दूसरे के आमने-सामने बैठे रहे। सेन को लगा कि वह पान चबाती हुई बिलकुल जुगाली करती गाय की तरह लग रही है। वे फिर अपना सिगार पीने में रम गए। बड़ी कठिन परिस्थिति थी, दोनों के बीच का व्यवधान—अलंघनीय। सेन ने घड़ी की ओर देखा और उठ खड़े हुए। "न्यूज," वे तनिक ऊँचे स्वर में बोले, "न्यूज मिस नहीं करनी चाहिए।" वे शयनकक्ष में जाकर अपना ट्रांजिस्टर ले आए।

कमरे में दो पलंग लगे थे, एकसाथ सटे-सटे। तकिए लगभग एक-दूसरे का आलिंगन करते हुए-से। चादरों पर खस की सुगंध छिड़की हुई थी, मानो उन्हें भी सवेरे संपन्न हुए विवाह की पूर्णता

को देखने की प्रतीक्षा थी । सेन सोच रहे थे कि उसे वह सब तैयारी करने का खयाल ही क्योंकर आया, जबकि अभी तक उनका आपस में परिचय भी ठीक से नहीं हुआ है ! बस दो-चार औपचारिक बातें ही तो हुई थीं । अपना रेडियो उठाकर वे तेजी से खाने के कमरे में चले गए ।

दिल्ली स्टेशन लगाया । बैरा मेज साफ करता रहा । वे समाचार सुनते रहे ।

"गुड नाइट सर," बैरा सलाम करके चला गया । मिसेज सेन भी उठी । अपना पानदान उठाया और शयनागार में चली गई । पंद्रह मिनट के समाचारों के बाद खेलों पर कमेंटरी शुरू हुई । सेन ने आगे-पीछे कभी नहीं सुनी थी । पर उन्हें खुशी थी कि उसने कमेंटरी सुनने का धीरज बनाए रखा था, क्योंकि उसके बाद ही कार्यक्रम में कुछ तब्दीली होने की उद्घोषणा हुई थी । यानी की उस्ताद बड़े गुलाम अली खाँ के संगीत-गायन के स्थान पर दिल्ली से 'चेक फिल्हार्मोनिक ऑर्केस्ट्रा' रिले होने वाला था । भारतीय संगीत में गुलाम अली खाँ सबसे बड़ा नाम था । यहाँ तक कि अंग्रेजीशुदा हिंदुस्तानी भी उनके संगीत की तारीफ करने का दम भरते थे । विदेशी राजनयिक भी उस महान संगीताचार्य की महफिलों में चार-चार घंटे धैर्य के साथ बैठे रहते कि कहीं उनके हिंदुस्तानी मेजबान बुरा न मान लें या अन्य दूतावासों के राजनयिकों की अपेक्षा उन्हें कम सुसंस्कृत न समझ बैठें । 'चेक फिल्हार्मोनिक' हिंदुस्तान में पहली बार आए थे और दिल्ली की 'यूरोपियन म्यूजिक सोसाइटी' वालों को उनके साथ पूरी सफलता प्राप्त हुई थी । कितने दुख की बात थी कि ऐसे मौके पर वे दिल्ली में नहीं थे । नहीं तो वे इस मौके पर खास-खास लोगों को रात के खाने पर बुलाते और खाने के बाद संगीत-गोष्ठी का कार्यक्रम रखते । वे सोचने लगे कि ऐसी पार्टी में उनकी पत्नी भला किस प्रकार जँचती !

रेडियो पर तालियों की गड़गड़ाहट सुनी, उसके बाद उद्घोषणा कि कार्यक्रम का आरंभ 'स्मेताना' के 'द बार्टर्ड ब्राइड' से होगा । सेन 'कान्वेंट गार्डेन' और 'फेस्टीवल हॉल' में बिताई शानदार शामों की यादों में भटकने लगे । 'स्मेताना' के बाद बारी आई 'बार्तोक' की । बीच-बीच में बजने वाली तालियाँ ही जादू के सम्मोहन को तोड़ जातीं । इन बेचारे अनाड़ी हिंदुस्तानियों को कौन समझाए कि तालियाँ सिम्फनी के अंत में बजाई जाती हैं, बीच-बीच में नहीं ।

बीच में छः मिनट का मध्यांतर हुआ । अंत हुआ सेन के मनपसंद 'ड्वॉर्कस सिम्फनी' नंबर पाँच से । उन्होंने अपने लिए वी०एस०ओ०पी० ब्रांडी गिलास में उँडेली, एक कुर्सी सामने खींची और पैर पसारकर कुर्सी में लेट-से गए । 'ड्वॉर्क' को इतनी अच्छी तरह तो उन्होंने इंगलैंड में भी नहीं सुना था । मुँह में क्यूबन सिगार, इतनी बढ़िया 'कॉग्नैक' शराब और दुनिया का सबसे बेहतरीन संगीत । आदमी को और क्या चाहिए ? उन्होंने अपने सिगार की राख झाड़ी और आराम-कुर्सी में लेटे-लेटे आनंद की स्थिति में आँखें मूँदे पड़े रहे । जलता हुआ सिगार होंठों में दबाए-दबाए ही वे गहरी नींद में सो गए ।

न तो संगीत-गोष्ठी की समाप्ति पर हुई करतल-ध्वनि और न ही रेडियो की गड़गड़ाहट उन्हें नींद से जगा सकी । सिगार जब उन्हें ज्यादा गर्म लगा तो उनके होंठ खुले और वह उनकी गोद में गिर पड़ा । धीरे-धीरे जलते हुए सिगार से उनकी पतलून जलने लगी । वे घबराकर जागे

और उन्होंने सिगार के टुकड़े को उठाकर जल्दी-जल्दी जमीन पर फेंका। वैसे तो पतलून ज्यादा नहीं जली थी। फ्लाई-बटन के पास मात्र एक छेद ही हुआ था, पर सारे कमरे में जले हुए कपड़े की गंध फैली हुई थी। सेन ने सोचा कि बाल-बाल बचे। ट्रांजिस्टर बंद करके उन्होंने घड़ी देखी। आधी रात से अधिक का समय हो गया था। बत्ती बुझाकर वे अपने शयनागार में चले आए।

पलंग के पास मेज पर लैंप अब भी जल रहा था। लगता था उनकी पत्नी उनका इंतजार कर-करके सो गई थी। उसने कपड़े भी नहीं बदले थे, न ही गहने उतारे थे। आँखों में काजल लगा हुआ था। आँसुओं से बहकर काजल गालों तक खिंच आया था। तकिया भी काजल से पुता पड़ा था।

पैजामा बदलकर सेन अपने बिस्तर में घुस गए। पत्नी के उठते-गिरते सीने की ओर देखा, उसके मुँह की तरफ भी। नहीं, नहीं, उनकी तनिक भी इच्छा नहीं हो रही थी। उन्होंने लैंप की बत्ती बुझा दी। बत्ती की पीली लौ नीली हुई, दो-एक बार फड़फड़ाई और सारे कमरे को अँधेरे में डुबोती हुई विलीन हो गई।

सवेरे बैरा चाय की ट्रे के साथ आया और उन्हें जगाने लगा, "साहब, नौ बज चुके हैं। मेमसाहब को उठे तो चार-पाँच घंटे हो गए। वे नहा चुकी हैं। आपके इंतजार में बैठी हैं।"

सेन ने अपनी आँखें मलीं। सूरज की धूप बरामदे से होती हुई कमरे में फैल रही थी। पत्नी ने अपना बिस्तर गोल करके अपने स्टील के ट्रंक के ऊपर जमा दिया था। उठते हुए वे बोले, "मेरी चाय बरामदे में ले आना।" गुसलखाने में जाकर उन्होंने मुँह पर ठंडे पानी के छींटे मारे और बाहर निकल आए।

"सॉरी टु कीप यू वेटिंग। मैं हमेशा तुम्हें इंतजार कराता रहता हूँ, माफ करना। पर तुम्हें मेरी राह नहीं देखनी चाहिए," जम्हाई लेते हुए वे कुर्सी पर पसर गए।

अभी वे छत की ओर ही ताक रहे थे कि उनकी पत्नी उठी और बढ़कर उनके पैर छूने लगी। वे उसके पति थे, स्वामी। घबराकर उन्होंने उसकी तरफ देखा। गालों पर आँसुओं की धार बह रही थी, पलकें उठाकर कुछ प्रश्नात्मक और कुछ भयाक्रांत स्वर में वह बोली, "मैं आपके योग्य नहीं!" और उनके जवाब देने के पहले ही साड़ी का पल्ला आँखों पर रखकर वह तेजी से भीतर चली गई।

"ये भी क्या बला है," बड़बड़ाते हुए सेन कुर्सी में धँस गए। समझ तो गए थे कि उसका आशय क्या था। धूप में चमकते लॉन के शून्य में दृष्टि केंद्रित कर वे देर तक सोचते रहे। तब भी मन में इच्छा न हुई कि भीतर जाकर पत्नी को मना लें।

बैरा आया। चाय की ट्रे अनछुई देखकर उसे अच्छा नहीं लगा। खैर, बता गया कि नाश्ता मेज पर लगा चुका है। सेन बेमन से उठे--जानते थे कि वह खाने नहीं आएगी, जब तक कि वे उसे मनाकर नहीं लाते। और ऐसा करने का उनका कतई इरादा नहीं था। लेकिन वे गलत साबित हुए। वह तो पहले से ही मेज के पास बैठी हुई थी। वे उसकी ओर देखने से

कतराने लगे ।

"चाय ?" उन्होंने उसका कप भर दिया, फिर अपना भी । एक बार फिर उन्होंने अपनी-अपनी तरह का नाश्ता अपने-अपने तरीके से बिना एक-दूसरे से एक शब्द भी बोले, चुपचाप निबटा लिया । नाश्ता खत्म होते ही उसने अपना पान लिया और उन्होंने अपना पाइप । वह अपने शयनकक्ष में चली गई और वे अपना ट्रांजिस्टर लेकर सवेरे की खबरें सुनने बरामदे में ।

दोपहर को डाकिए को देखा तो उन्हें एक तरकीब सूझी । लिफाफा दफ्तर की तरफ से आया था । उनकी पंद्रह दिनों की छुट्टी मंजूर हो गई थी । पर सेन लिफाफे को झुलाते हुए पत्नी के पास गए । लिफाफे के ऊपर लिखा था—'भारत सरकार की सेवा में' । पत्नी से बोले, "हम लोगों को अभी वापस लौटना पड़ेगा । मिनिस्टरी से जरूरी चिट्ठी आई है । संसद में उन्हें हमारे विभाग से संबंधित कुछ बातों की जवाबदेही करनी है । मैं बैरे को भेजता हूँ कि सामान बाँधने में तुम्हारी मदद करे । तब तक मैं कार को जरा चेक कर लूँ ।" वे बाहर निकल आए, "बैरा, बैरा !"

आधे घंटे के भीतर ही उनकी कार दिल्ली जाने वाली सड़क पर थी ।

शाम होने के पहले ही सेन अपने घर के पोर्टिको में जाकर रुके । माँ और बेटे ने एक-दूसरे को आलिंगन किया और तभी अलग हुए जब दुल्हन सास के पैर छूने आगे बढ़ी । बहू के कंधों को छूते हुए वृद्धा ने आशीर्वाद दिया, "भगवान सुखी रखे बेटी,···पर इतनी जल्दी···!"

बेटे ने जेब से लिफाफा निकालकर दिखाया, "मंत्री जी ने बुला भेजा । इन लोगों को किसी की व्यक्तिगत जिंदगी की क्या परवाह ? बस, आना पड़ा इसीलिए ।"

"अच्छा-अच्छा," आँसू पोंछते हुए माँ बोली, "बहू, तुम्हारे माँ-बाप खुश होंगे जानकर कि तुम लोग लौट आए । एक बार फोन कर लो उनको ।"

थोड़ी ही देर में मिसेज सेन के माता-पिता टैक्सी से पहुँच गए । मिलने पर पुनः रोना-धोना हुआ, मंत्री जी के बुलावे की एक और व्याख्या । पर उन्हें तसल्ली थी । लड़की पति के साथ एक रात बिता चुकी थी । विवाह संपूर्ण हुआ था । अब तो कुछ दिनों के लिए वह अपने माँ-बाप के घर जा सकती थी । सो वे कल्याणी को अपने साथ ले गए ।

अगला दिन सेन ने किताबों की दुकानों और कॉफी हाउसों में घूम-घूमकर काटा । ऐसे ही हफ्ता खत्म हुआ । रविवार को सवेरे माँ जब पूजा में व्यस्त थीं, सेन ने डायरेक्टर साहब का नंबर मिलाया और काम पर वापस लौटने की ताकीद की, "माँ की तबीयत ठीक नहीं थी । इसलिए जल्दी लौटना पड़ा । इतने दिन उनको अकेले छोड़ना मैंने मुनासिब नहीं समझा ।" वे जानते थे कि यही कहकर डायरेक्टर की सहानुभूति और सहमति प्राप्त की जा सकती थी । डायरेक्टर ने उनके प्रति संवेदना प्रकट की और विधवा माँ के प्रति एक अच्छे हिंदू पुत्र का फर्ज निभाने के लिए इनकी सराहना भी की । वे बोले, "अच्छा भई, जैसे ही तुम्हारी माता जी ठीक हो जाएँ, तुम्हारी शादी की दावत जरूर लेंगे और तुम्हारी पत्नी से मुलाकात···!"

"यस सर, जैसे ही वे ठीक हो जाती हैं, हम आपको न्यौता देंगे ।"

माँ की बीमारी का बहाना बनाकर सेन अपनी छुट्टी रद्द करने की कैफियत देते रहे और इसी तरह पार्टी को भी टालते रहे । संतासिंह ने सेन के सहारे काफी मौज-मस्ती और ऊधम मचाने की सोची हुई थी । बेचारा वह भी निराश हो गया ।

दिन बीते और फिर हफ्ते । कल्याणी बीच-बीच में अपना कुछ न कुछ सामान लेने अपनी माँ के साथ आती रही । वह तभी आती जब सेन घर पर नहीं होते । सिर्फ सास से ही मिलकर चली जाती । सनी सेन को जाहिर कर दिया गया था कि ऐसी स्थिति में पति को ही पत्नी के माँ-बाप के घर जाकर उसे वापस लाना होता है । लेकिन सेन कोई-न-कोई बहाना बनाकर टालता रहा । और एक दिन अचानक ही दक्षिण भारत का दौरा बनाकर निकल गए । वापस लौटने के पंद्रह दिनों तक भी लड़की के माता-पिता को उसके लौटने की खबर नहीं लगी । दोनों परिवारों के बीच संबंध दिन-पर-दिन कटुतर होते गए । किसी ने कुछ साफ-साफ तो नहीं कहा, पर लोगों में बात फैलने लगी कि सेन-परिवार को तो भारी दहेज की आकांक्षा थी । सेन की माँ शायद लड़की को तंग करती थी । एक दिन सेन को अपने ससुर का एक पत्र मिला । भाषा नम्र थी, लेकिन उदासीन । लगता था किसी वकील से सलाह-मशविरा करके ही खत लिखा गया था । जरूरत के लिए एक प्रतिलिपि भी संलग्न थी । सारा ब्योरा दिया गया था कि किस प्रकार वैवाहिक विज्ञापन के द्वारा विवाह तय हुआ था, सगाई और शादी पर कितना खर्च आया और फॉरेस्ट रेस्ट हाउस में सोहागरात मनाई गई । सेन से कहा गया था कि वह अपनी मर्जी साफ-साफ जाहिर करे ।

पहली बार सेन को लगा कि मामला गंभीर हो चला था । वह माँ की ओर मुड़ा । माँ-बेटे के संबंध ने एक नया मोड़ लिया था । माँ ने कहा, "यह हमारे लिए बड़ी शर्मनाक बात है । बात को ज्यादा नहीं बढ़ाना चाहिए । अब तुम जाकर उसे ले ही आओ । मेरा क्या, मैं कुछ दिनों के लिए देहरादून चली जाऊँगी, भाई के पास ।"

"नहीं, नहीं, माँ, मैं किसी को तुम्हारे ऊपर उँगली नहीं उठाने दूँगा । और तुम मुझे छोड़कर कहीं नहीं जा सकती ।"

"अरे बेटा, किसी ने मुझ पर कोई इलजाम नहीं लगाया । और न ही मैं तुम्हें छोड़कर कहीं जा रही हूँ । मेरा घर तो यही है । अपने खून को छोड़कर भला मैं और कहाँ रह सकती हूँ । लेकिन तुम अपनी पत्नी को जरूर ले आओ । अब उसको मालकिन के हक से अपना घर संभालने दो । मैं बाद में आ जाऊँगी । खरीद-फरोख्त, नौकर-चाकरों के झंझटों से फारिग होकर तब आराम से रहूँगी ।"

सेन थककर फिर अपनी कुर्सी में सिमट गए । पीछे से आकर माँ ने उनका हाथ अपने हाथों में लिया, "तुम कोई फिकर न करो, बेटा, मैं भाई को लिखकर कहती हूँ कि मुझे ले जाए । वही तुम्हारे ससुर जी के पास भी हो आएगा और तुम्हारी बहू को ले आएगा । जाने के पहले मैं उसे सब दिखा-समझा दूँगी और चाबियाँ भी सौंप दूँगी । नौकर-चाकरों को भी बता दूँगी

कि अब वही उनकी मालकिन है । जब तुम दफ्तर से लौटोगे तो देखोगे कि सब ठीक-ठाक चल रहा है ।" उसने बेटे का सिर चूमा, "और बेटा, उसके साथ अच्छी तरह पेश आना । बच्ची ही तो है अभी । तुमको पता नहीं मेरी कितनी साध है कि तुम्हारे बच्चे को गोद में लेकर खेलाऊँ ।"

सेन को यह सब तमाशा बिलकुल नहीं भाया । उन्हें अपने आप पर ही गुस्सा आया कि ऐसी नौबत आने ही क्यों दी ? अपनी पत्नी पर तो और भी ज्यादा कि उसी के कारण माँ को यह शर्मिंदगी उठानी पड़ रही है और अपना घर छोड़कर जाना पड़ रहा है । अगर वह माँ को नहीं रखेगी तो वे भी उससे कोई सरोकार नहीं रखेंगे । उन्होंने खानसामे को समझा दिया कि बैडरूम में सामान किस तरह लगाना है । अगर नई मालकिन कुछ पूछें तो कह देना कि साहब ऐसा ही करने को कहकर गए हैं ।

सोमवार को सुबह, जब बैरा चाय लेकर आया, उन्होंने उसे कहा कि लंच के लिए उनकी राह न देखी जाए और वह मेमसाब से कह दे कि रात के खाने के लिए भी उनकी प्रतीक्षा न करें, क्योंकि वे दफ्तर में देर तक बैठे काम करते रहेंगे । नाश्ता उन्होंने माँ और मामा के साथ बैठकर किया था । माँ से वादा भी किया कि वे उसे यहाँ के बारे में लिखते रहेंगे । माँ ने जाने से पहले उन्हें झिड़ककर समझाया, "तुमको अपने आपको उसकी जगह रखकर समझने की कोशिश करनी चाहिए । उसका लालन-पालन दूसरे तरीके से हुआ है । पर प्यार और धीरज से सबको जीता जा सकता है ।"

सबके जाने के बाद भी सेन दफ्तर में बैठे रहे । फिर सीधे जिमखाना क्लब की ओर चल पड़े । घंटा-भर स्विमिंग पूल के पास बैठे बियर पीते रहे और तैरने वालों को ताकते रहे । तैरने वालों में यूरोपीय राजनयिकों की पत्नियाँ और बच्चे थे, पोनी टेल में बँधे बालों और बिकनियों में खूबसूरत पंजाबी लड़कियाँ थीं, डाइविंग बोर्ड से छलाँगें लगाते टार्जन-से शरीरों वाले कॉलेज के साँवले-सलोने जवाँ छोकरे थे । ऐसी ही जगहों में वे सहज हो पाते थे जहाँ पूर्व और पश्चिम–गोरे-काले, भूरे-गुलाबी रंगों में एकाकार हो जाते हों । काश, इनमें से किसी लड़की से उनकी शादी हुई होती । ये जो अमरीकन अंदाज में चीं-चीं करके बोल रही है, उसे वे अच्छी तरह शुद्ध अंग्रेजी बोलना सिखाते ।

तैराक भी घर चले गए । सेन ने लंबी आह भरी और उठकर 'बार' में चले आए । वहाँ कितने ही पुराने दोस्तों ने उन्हें घेर लिया–"हाय सनी, यू ओल्ड बास्टर्ड ! ये क्या सुन रहे हैं तुम्हारे बारे में ।"

सनी मुसकराए, "अब क्या गला फाड़-फाड़कर लोगों को बताना जरूरी है कि···"

उनमें से तीन दोस्त आगे बढ़े, "हमें ड्रिंक कराना तुम्हें बनता है । नहीं तो अभी नंगा करके तुम्हें औरतों के सामने···"

"हे, वहीं ठहरो, बैरा, इन ब्लडी-फूल्स को दे दो जो माँगते हैं ।" दोस्त सब ऊँचे स्टूलों पर बैठकर चियर्स करते हुए 'बॉटम्स अप' करने लगे ।

"अरे बीवी कहाँ है तुम्हारी ?" एक ने पूछा, "ये तो नहीं कर रहे हो कि तुम भी उसे और हिंदुस्तानियों की तरह पर्दे में रखते हो ।"

"अरे नहीं, ऐसी बात नहीं । वह अपनी माँ के घर गई हुई है । और एकाध पेग लो यार !"

वे लोग एक के बाद दूसरा पेग चढ़ाते गए, जब तक कि 'बार' बंद नहीं हो गया । उनमें से एक ने सेन को अपने घर खाने का न्यौता भी दिया । सेन ने चुपचाप मंजूर कर लिया ।

रात को करीब एक बजे वे घर लौटे । पिए हुए होने की आड़ में किसी भी तरह की परिस्थिति का सामना किया जा सकता था । उन्होंने हॉल कमरे की बत्ती जलाई । दीवार के सहारे बक्सों की कतार लगी थी । तो उनकी पत्नी वापस पहुँच चुकी है ! उसके कमरे में अँधेरा था । वह तो कई घंटे पहले ही सो गई होगी । हॉल की बत्ती बंद करके वे दबे पाँव धीरे-धीरे अपने सोने के कमरे में गए । टेबल-लैंप जलाया, दरवाजा भीतर से बंद किया और गहरी नींद में सो गए ।

बैरे के दरवाजा खटखटाने पर उनकी नींद खुली । दरवाजा खोलने जाते हुए उनका सिर घूमने लगा । बैरा क्या सोचेगा कि साहब अकेले ही भीतर से दरवाजा बंद किए पड़े थे और मेमसाहब अलग सो रही थीं । अब जो सोचता है, सोचने दो । वे क्या करें ? अभी तो उनका सिर वैसे ही घूम रहा है ।

"साब, मेमसाब के लिए चाय ले आऊँ ?" बैरे ने पूछा ।

"वह बैड-टी नहीं पीतीं । पर वह अभी तक उठीं नहीं क्या ?"

"नहीं जानता साब, वह भी दरवाजा भीतर से बंद किए हैं ।"

सेन को तनिक बेचैनी-सी लगने लगी । चाय के साथ एक-दो एस्प्रीन की गोलियाँ निगलकर वे अपने बिस्तर पर फिर लेट गए । एस्प्रीन को थोड़ा असर करने दो । उनकी कल्पना दूर तक दौड़ने लगी । नहीं, नहीं, वह ऐसा नहीं कर सकती । कभी नहीं । शायद रात देर गए तक उनका इंतजार करती रही होगी । अकेले होने के कारण भय से दरवाजा भीतर से बंद कर लिया होगा । देर से सोने के कारण ही अभी तक नहीं उठी होगी । लेकिन वे उसके साथ कितनी हृदयहीनता से पेश आते रहे थे । हो सकता है उसने···! पता तो लगाना चाहिए । वे उठे और उसका दरवाजा खटखटाने लगे । कोई जवाब नहीं आया । गुसलखाने की ओर गए । उधर भी वह नहीं थी । एक बार फिर उसका दरवाजा खटखटाया । भीतर कोई आहट नहीं हुई । वे खिड़की के पास गए और उन्होंने दोनों हाथों से उस पर धक्का मारा । दोनों पल्ले खुलकर दीवार से जा टकराए । उसका शोर सुनकर भी वह नहीं उठी । उन्होंने भीतर झाँककर देखा–उसका चश्मा नाक पर टिका था ।

जोर से चीख मारकर सेन घर के भीतर भागे और बैरे को बुलाने लगे । नौकर और मालिक ने मिलकर कंधों से दरवाजे पर जोर लगाया और कुंडी टूट गई । दरवाजा खुलते ही दोनों कमरे के भीतर दौड़े । बिस्तर पर लेटी औरत शांत निस्पंद पड़ी थी । उसके मुँह से सफेद

रंग का झाग बह रहा था । मोटे चश्मे से उसकी आँखें छत को घूर रही थीं । सेन ने उसके माथे पर हाथ रखा । यह पहली ही बार वे अपनी पत्नी को छू रहे थे, जबकि वह मर चुकी थी ।

उसके पलंग के बगल में तिपाई पर एक खाली गिलास और दो लिफाफे पड़े थे । एक पर बँगला में उसकी माँ का नाम लिखा था और दूसरे पर उनका । एक विद्रूप मुसकराहट उनके चेहरे पर तैर गई, जब उन्होंने पढ़ा—

सेवा में,

'श्री एस० सेन महोदय ।'

रसिया

मैं उन मर्दों में से नहीं जो भीड़ की आड़ में आती-जाती औरतों से छेड़खानी किया करें। मैं तो एक अमन-पसंद इन्सान हूँ, भई। मेरे मालिकों की मेरे बारे में खासी राय है। शहर के सबसे उम्दा क्लब का मैं मेम्बर हूँ। वाइ०एम०सी०ए० की नियामक समिति का भी सदस्य हूँ। संक्षेप में, मैं समाज का एक सम्मानित सदस्य हूँ और इसीलिए औरतों के मामले में जरा होशियारी वर्तता हूँ गोकि आँखों पर फिर भी मेरा बस नहीं चलता। वैसे भी, देखने पर तो कोई पाबंदी नहीं। सो, उन्हें देखकर ही मन को मार लेना पड़ता है। भेद की बात कहूँ, तो किसी औरत को करीब पाकर उसे छूने की मेरी उत्कट इच्छा होती है। पर नतीजे की सोचकर स्वयं को संयत कर लेना पड़ता है। अपने आपको समझाने की कोशिश करता हूँ कि 'अमाँ यार, तेरा यह चलन उस कमसिन को गर रास न आया तो···? अगर उसने कोई हंगामा खड़ा कर दिया तो···? हो सकता है कि वह चिल्ला-चिल्लाकर अच्छी-खासी भीड़ जमा कर ले और उनमें से कोई अगर गुंडा-बदमाश भी हुआ और अपने आपको भलामानस जताते हुए, मौके का फायदा उठाकर मुझे मारना-पीटना शुरू कर दे तो ?' यह सब सोचते ही मेरे पसीने छूटने लगते हैं।

तो साहब, मैं तो सिर्फ दर्शक की तरह औरतों के साथ होने वाली छेड़खानियों का साक्षी रहा हूँ। और बंबई जैसा भीड़भाड़-भरा शहर ऐसी वारदातों के लिए आदर्श स्थितियाँ जुटाता रहता है। और कुछ नहीं तो, पीछे से औरतों के मटकते हुए कूल्हों को ही निरखते रहो। निश्चय ही, हिंदुस्तान जैसे वैविध्यमान देश में जितनी तरह के परिधानों में लिपटे औरतों के कूल्हों को निहारने का आनंद उठाया जा सकता है, उतना दुनिया के किसी और मुल्क में संभव नहीं। किसी भी वक्त, किसी भी जगह, पंद्रह मिनटों के अंदर-अंदर ही आपकी मुठभेड़ इन सबसे हो सकती है—साड़ियाँ, गरारे, लुंगियाँ, स्कर्टें (मिनी या मिडी), स्ट्रेच पैंटें, बैल-बॉटम, सलवारें या चूड़ीदार पैजामे।

सैर करने का मेरा पसंदीदा रास्ता है दफ्तर से लेकर फ्लोरा फाउंटेन तक का तकरीबन आधा किलोमीटर का मार्ग। फ्लोरा फाउंटेन पर पाँच सड़कों का संयोजन होता है और लंच-टाइम संभवतः यहाँ सबसे अच्छा वक्त होता है जब भीड़भाड़ इतनी होती है कि यहाँ चला नहीं जा सकता, सिर्फ चींटी की चाल से रेंगते हुए लोगों से टकरा-टकराकर धक्कमधुक्की करते हुए आगे बढ़ा जा सकता है। टकराने वालों में भिखारी भी हो सकते हैं और ग्राहकों की तलाश में डोलती वेश्याएँ भी। इसी भीड़ में हो सकता है कि विदेशी मुद्रा का विनिमय करने वाले दलालों पर भी आपको दाँत पीसने पड़ें। फिर भी, मुझे बाजार का यह हिस्सा पसंद है और बेहद

पसंद है और वह इसलिए कि यहाँ बेइंतहाँ भीड़ होती है। यहाँ सड़कों पर पसरे कितने ही बुक-स्टॉल हैं। फुटपाथ तस्करी के हर तरह के सामान से पटे रहते हैं—फ्रेंच परफ्यूम और शिफान की साड़ियाँ, जापानी टेपरिकार्डर, कैमरे और फुल वाल्यूम पर बजते ट्रांजिस्टर। कहने की जरूरत नहीं कि खरीद-फरोख्त करने वालों में महिलाओं की संख्या ही ज्यादा होती है। ऐसे में बड़ी एहतियात बरतने की जरूरत होती है कि कहीं उनके सीने और कूल्हों से टकराहट न हो जाए। पर एहतियात बरतना चाहता कौन है ?

वह भी ऐसी ही एक दोपहर थी जब मैंने चिकोटीबाजी का एक यादगार तमाशा देखा। 'डैडीसेठ पारसी फायर टेंपल' के बगल में स्थित एक बुक स्टॉल पर खड़ा मैं किताबों के पन्ने पलट रहा था कि मेरा ध्यान 'फायर टेंपल' के लोहे के फाटक पर अचानक ही आ जुटी भिखारियों की भीड़ की ओर आकर्षित हुआ। 'फायर टेंपल' से साठेक साल का एक लंबा छरहरा-सा सज्जन प्रकट हुआ। उसने नीले रंग के सूट पर सोला हैट लगा रखा था। आँखों पर मोटे शीशों का चश्मा चढ़ा था। अपनी जेबों में हाथ डाल वह सिक्के निकालता और एक-एक कर भिखारियों की फैली हथेलियों पर धरता जाता। साफ जाहिर था कि भिखारी उससे अच्छी तरह परिचित थे और यह भी जानते थे कि उसके आने का वक्त क्या था। भीड़ में घिसट-घिसटकर चलने वाले कोढ़ी भी थे और एक अंधी भिखारिन भी थी जिसकी गोद में एक बच्चा झूल रहा था। मुझे भीख देने के नाम से ही सख्त नफरत है, पर मैं उस व्यक्ति की मन-ही-मन प्रशंसा किए बिना नहीं रह सका जो हर दोपहर अपनी आमदनी का एक अदद हिस्सा भिखारियों को बाँट जाता था।

मैंने देखा वह सज्जन मेरे दफ्तर की दिशा में ही बढ़ा जा रहा था। मैं उसके थोड़ा पीछे होकर चलने लगा। उसकी दानशीलता 'फायर टेंपल' के बाहर तक ही सीमित नहीं रही थी। अब भी वह अपनी दाईं जेब से पैसे निकाल-निकालकर हर फैली हुई हथेली पर धरता जा रहा था।

चलते-चलते वह एक स्टॉल पर सामान को परखती झुकी खड़ी तीन महिलाओं के करीब से गुजरा। अचानक ही मैंने लक्ष्य किया कि आगे बढ़ते हुए उसने उनमें से एक महिला के कूल्हों पर हाथ फेरा। महिला ने जब तक सीधे होकर देखना चाहा कि किसने वैसी हरकत करने की जुर्रत की थी, तब तक तो वह महाशय कई कदम आगे बढ़कर भीड़ के बीच खो चुका था। उसने पीछे मुड़कर नहीं देखा। सीधे आगे ही बढ़ता रहा। बस, ऐसे ही मामला चलता रहा। दाएँ हाथ से जरूरतमंदों को दान देता और बाएँ से असावधान महिलाओं के कूल्हे सहलाता वह निरंतर आगे बढ़ता रहा। क्या ही अजब-गजब किरदार था। कितना बड़ा खतरा मोल लेकर वह ऐसी हरकत कर रहा था। जानता नहीं था कि पकड़ा जाए तो कैसी धुनाई होगी।

दूसरे दिन मैं फिर किताबों की दुकान पर खड़ा था। मेरी एक आँख मैगजीनों पर लगी थी और दूसरी 'फायर टेंपल' के फाटक पर। भिखारी पहले से ही जमा हो गए थे। वे अपने-अपने ढंग से अपनी-अपनी मिल्कियत का इस्तेमाल कर रहे थे—कोढ़ी अपनी ठूँठ-सी अंगुलियों

को पसारे, लँगड़े अपनी बैसाखियों के सहारे झुके, अंधी औरत बच्चे के मुँह में अपना स्तन ठूँसे।

वह भलामानस 'फायर टेंपल' से बाहर निकला। तन पर वही हल्का नीला सूट। सिर पर सोला टोपी और मोटे चश्मे के पीछे वही मुरझाया-सा भावहीन निर्विकार चेहरा। पहले की ही तरह पसरे हुए हाथों पर सिक्के धरता वह आगे बढ़ता रहा। अंधी औरत को उसने कुछ अधिक पैसे दिए। एक रुपए का नोट वह बच्चे की फैली हथेली पर भी रखना चाहता था। उसने बच्चे की माँ से कुछ कहा। मेरा अनुमान है कि उसने यही कहा होगा, 'यह एक रुपया बच्चे के वास्ते ही है।' इसी प्रक्रिया में उसने उस जवान अंधी औरत के वक्ष पर खासा हाथ फेर लिया था। एवज में उसे औरत की मुसकराहट भी मिली थी। अजी, सीने को जरा-सा छू दिया तो क्या हुआ, एक रुपया कोई कम नहीं होता।

अपने उत्साह में वह भीड़ को चीरता आगे बढ़ा जा रहा था। अपनी ऊँची कद-काठी के कारण वह दूर से भी दिखाई देता जा रहा था। सिरों के समुद्र पर उठी उसकी सोला टोपी पर मेरी नजर बराबर बनी हुई थी। बीच-बीच में देखता कि उसके आगे जाती हुई औरतें अचानक ही हैरानी से पीछे मुड़कर देख रही होतीं कि किसने अपने बाएँ हाथ से उनके कूल्हों पर तारीफ का तोहफा जड़ा था।

मैं पूरे रास्ते-भर उसका पीछा करता रहा। देखा, वह 'चैम्बर ऑफ कॉमर्स' की भव्य इमारत में दाखिल हुआ। दरबान ने उसे सलाम ठोंकी। लिफ्ट के लिए लंबी लाइन लगी हुई थी। लेकिन वह सीधा लिफ्ट की ओर बढ़ा और लोगों ने निर्विरोध उसे बढ़ने दिया। स्पष्ट ही था कि वह कोई बहुत बड़ी शख्सियत था।

कुछ सप्ताह बाद मैं अपने दफ्तर से लौटते हुए 'चैम्बर ऑफ कॉमर्स' के रास्ते ही जा रहा था। देखा, एक क्रीम रंग की मर्सिडीज बैंज पटरी के किनारे लगी हुई थी। पीछे वाली सीट पर दो महिलाएँ बैठी थीं। एक तो गोल-मटोल-सी सफेद बालों वाली अधेड़ उम्र की महिला थी, दूसरी सोलह-सत्रह बरस की किशोरी थी। जाहिर था, उसकी बेटी ही होगी। शोफर ने गाड़ी के एक तरफ के दोनों दरवाजे खोल दिए। दरबान ने ब्रीफकेस और फाइलों का ढेर सामने की सीट पर रख दिया। तभी 'फायर टेंपल' वाला हमारा 'हीरो' प्रकट हुआ। पीछे-पीछे उसके सहायक-से दिखते दो चमचे भी आ रहे थे।

लड़की फुदककर गाड़ी से बाहर आई। फुटपाथ पर दौड़कर उसने 'डैडी' कहते हुए उसके गले में बाँहें डाल दीं। षोडषी, और ऊपर से बला की खूबसूरत। खुली हवा-सा उन्मुक्त स्वास्थ्य। भूरी केशराशि कंधों पर बिखरी। शरीर-सौष्ठव ऐसा, जैसे किसी प्राचीन हिंदू मंदिर की प्राचीरों में उत्कीर्ण कोई प्रतिमा ही साकार हो उठी हो। चोली से झाँकता भरा-भरा गदराया वक्ष, पतली कमर, उत्तेजक, उभरे हुए, चौड़े कूल्हे।

बेशक, हमारे 'हीरो' का वक्ष और कूल्हों के प्रति वैसा सम्मोह जायज ही था। हाय बेचारा, निरंतर ऐसे आकर्षण के बीच रहते हुए उन्हें न छू पाने की भग्नाशा से कैसे जूझता होगा!

दूसरी शाम मुझे उसका नाम भी पता चल गया। अबकी मर्सिडीज बैंज में उसकी महिला सवारियाँ नहीं थीं। मैंने 'कार' की सराहना करने के बहाने ड्राइवर से उसके मालिक की बाबत पूछा।

"बड़ा साहिब।"

"कौन बड़ा साहिब ?"

"लालकाका साहिब ! और कौन ?" उसने अक्खड़ता से जवाब दिया।

बंबई की टेलीफोन डायरेक्टरी में एक-दो नहीं, चौदह लालकाका थे। सूची में पहले नाम सब पारसियों के लगते थे—सायरस, डैरियस, फ्रैम्रोज, जाल, जेहाँगीर, नौशेर इत्यादि-इत्यादि। दो नाम 'पी' से शुरू होते थे। एक के सामने पता था 'चैम्बर ऑफ कॉमर्स बिल्डिंग' का। दूसरा एक रिहायशी पते के साथ था—'लालकाका मैशन, मालाबार हिल्स'। 'पी' से शुरू होने वाले पारसी नामों की मेरी जानकारी 'फिरोज' नाम तक ही सीमित थी। दूसरे दिन, मैंने करीब ग्यारह बजे उस नाम के नंबर पर फोन खड़काया। इस वक्त नौकरों के अलावा किसी के घर पर होने की संभावना न के ही बराबर थी। सो, चोंगा किसी नौकर ने ही उठाया।

"फिरोज लालकाका साहब हैं ?" मैंने पूछा।

नौकर ने अपनी गोवानी अंग्रेजी में जवाब दिया, "हियर नो फीरोज लालकाका। रेजीडेंस ऑफ पेसी लालकाका। ही गॉन टु ऑफिस।"

"मिस लालकाका घर में हैं ?"

"मिस्सी बाबा भी कॉलेज गया। मेमसाब बी बाहर गया। नो वन होम। आप कौन बोलता ?"

मैंने तो सोचा ही नहीं था कि वह यह भी पूछ बैठेगा। उस वक्त जो सूझा मैंने कह दिया। धीरे-धीरे बोलते हुए मैंने नौकर को नोट करवाया, "मिस्टर बॉटम-पिंचर" (कूल्हे सहलाने वाला)।

"आपका फोन नंबर ?" नौकर ने पूछा।

"मेरा नंबर वह जानते हैं।"

अगले दिन पेसी लालकाका 'फायर टेंपल' के आसपास नहीं दिखा। इसके बाद पूरे हफ्ते वह वहाँ नहीं फटका। नियत समय पर भिखारियों का जमघट लगता और वे खाली हाथ लौट जाते। मुझे उन पर तरस आता। मुझे उस भलेमानस पर भी तरस आया जिसकी नटखट करतूत पर मैंने विराम चिह्न लगा दिया था। मैंने सचमुच गड़बड़ी का काम किया था।

मुझे पक्का विश्वास था कि पेसी लालकाका ने मेरे फोन के कारण ही यह रुख अपनाया होगा। हो सकता है नौकर ने पहले उसकी बीवी या बेटी को ही बताया हो। बेटी ने पूछा होगा, "अजीब नाम है ? बॉटम-पिंचर ? डैडी ! यह कौन है भला ?"

पेसी लालकाका का चेहरा फक्क पड़ गया होगा। उसने धीरे से जवाब दिया होगा, "मुझे नहीं मालूम।"

उन लोगों ने नौकर को पूछा होगा।

नौकर ने जवाब दिया होगा, "साहिब उसका नंबर जानता होता ।"

उन्होंने टेलीफोन डायरेक्टरी छान मारी होगी और उसमें कोई भी 'बॉटम-पिंचर' नहीं मिला होगा । तब उन्होंने यह कह कर टाल दिया होगा कि "चलो, किसी ने मसखरी की होगी ।" लेकिन बेचारे पेसी लालकाका के दिल पर क्या गुजर रही होगी, यह जानकर कि वह पकड़ लिया गया था ?"

एक पखवाड़े बाद पेसी लालकाका 'डैडीसे फायर टेंपल' के बाहर फिर प्रकट हुआ । वह कुछ-कुछ परेशान लग रहा था । उसने आगे आए कुछ भिखारियों के हाथों में सिक्के रखे और चारों ओर नजर दौड़ाई कि कहीं कोई उसकी ओर निगरानी तो नहीं रख रहा । वह दफ्तर की ओर बढ़ने लगा । मैंने उसका पीछा किया । अपने दाएँ हाथ से उसने पैसे बाँटने जारी रखे । इस बार उसका बायाँ हाथ कोट की जेब में अच्छी तरह घुसा रहा । जब भी वह किसी महिला के करीब से गुजरता, चौकन्ना होकर पीछे देखने लगता कि कहीं कोई उसके ऊपर नजर तो नहीं रखे हुए है । यही क्रम कुछ देर तक जारी रहा । लगता था लालकाका साहिब अपनी झक छोड़कर सुधरने पर उतारू हो आया था । वह अब काफी बोर कर रहा था ।

अरे रे, नहीं ! पेसी लालकाका कुछ-कुछ अपने 'फार्म' में आने लगा था । उसे शायद यह तसल्ली हो गई लगती थी कि जो नामुराद शख्स छुप-छुपकर उसका पीछा कर रहा था वह अब उसके रास्ते से हट चुका था !

एक दोपहर, भीड़ के रेले को चीरता वह फुटपाथ पर आगे बढ़ता रहा था । मैं था कुछ कदम पीछे । मैंने देखा कि तीन औरतें किसी स्टॉल पर झुकी चीजों को निरख-परख रही थीं । उनमें से एक युवा लड़की थी । बेहद चुस्त जीन्स पहने । गदराए हुए कूल्हे । बगल में ही खड़ी थी एक भारी-भरकम महिला, लाल रंग की साड़ी में लिपटी । तीसरी थी—बारह एक साल की छोटी-सी लड़की । उसने सफेद रंग की छोटी-सी मिनी स्कर्ट पहन रखी थी, इतनी छोटी-सी कि वह झुकी तो उसकी चड्डी भी नजर आने लगी । मैंने लक्ष्य किया कि पेसी लालकाका की बाईं बाँह फड़कने लगी थी ।

नितंबों की इस शासकत्रयी का आकर्षण ही ऐसा था कि आसानी से मुँह नहीं मोड़ा जा सकता था । उसका हाथ खुद-ब-खुद जेब से बाहर निकल आया और एक के बाद एक कर तीनों को सहलाता हुआ सरक गया । महिलाएँ सीधी खड़ी होती हुई पीछे मुड़कर देखतीं इससे पहले ही पेसी आगे बढ़ चुका था और मैं ठीक उनके पीछे पहुँच चुका था । अधेड़ औरत त्यौरियाँ चढ़ाकर गालियाँ बकने लगी, "बदमाश, रास्कल ।" उसकी बेटी ने उसे समझाया, "मम्मी, तमाशा मत खड़ा करो ।" मैं बाल-बाल बचा था ।

अब तो मैंने निश्चय कर लिया था कि पेसी लालकाका को सबक सिखा कर ही छोड़ूँगा । जैसे ही मैं अपने दफ्तर पहुँचा मैंने उसके घर पर फोन लगाया । उसी नौकर ने जवाब दिया, "साहिब ऑफिस गया । मेमसाब रेस्ट करता । मिस्सी बाबा कॉलिज गया । हू कॉलिंग ? कौन बोलता ?"

"मिस्टर बॉटम-पिंचर ।"

"गिव योर नंबर प्लीज ।"

"उनको बोलना मैं शाम को फिर रिंग करूँगा ।"

लालकाका की खबर लेने को इतना ही काफी था । समझ जाएगा ।

लगता था तीर निशाने पर लगा था । लगातार कई दिनों तक पेसी लालकाका 'फायर टेंपल' के पास नहीं फटका । अंततः जब वह प्रकट हुआ तो अपने स्वाभाविक रूप में नहीं था । उसकी बाईं बाँह गलपट्टी में झूल रही थी । मुझे पूरा यकीन था कि उसने अपने आपको चोट जानबूझकर लगाई होगी । बेचारा, पेसी लालकाका ।

भिखारी चिंतित-से हुए पूछताछ करने लगे । वह सिर्फ सिर हिलाता रहा । हमेशा की तरह भीड़ से भरे फुटपाथ पर मैं उसका अनुसरण करता रहा । लगता था इन कुछ ही दिनों में उसकी कूबड़ निकल आई थी । बिना पीछे मुड़े वह आगे बढ़ता रहा । जब भी वह किसी औरत के करीब पहुँचता जिसका ध्यान कहीं और बँटा हुआ होता, तो लालकाका की चाल धीमी पड़ने लगती । वह अपना सिर झुकाता । उसके नितंबों पर शोकातुर दृष्टि डालता और आगे बढ़ जाता । इस बार तो मुझे सचमुच उस पर बेहद तरस आया । बायाँ हाथ बँधा था तो दाएँ हाथ का इस्तेमाल क्योंकर नहीं कर रहा था ?

उस शाम मैंने उसे फिर फोन किया । फोन फिर उसी नौकर ने उठाया ।

"हलो, कौन बोलता ?"

"डॉक्टर । हमको तुम्हारे साब से बात करना है ।"

कुछ देर बाद एक आवाज उभरी, "पेसी लालकाका बोल रहा हूँ ।"

"बायाँ हाथ कैसा है, जनाब ?"

"कौन हैं आप ?" उसने लड़खड़ाती-सी आवाज में पूछा ।

"कोई बात नहीं, यार । अपना दायाँ हाथ आजमाओ । इससे ज्यादा मजा रहेगा," मैंने चोंगा ठप्प से वापस रख दिया ।

उसके बाद फिर कई हफ्तों तक मैंने 'फायर टेंपल' के पास लालकाका की सूरत नहीं देखी । शायद उसने अपना दोपहर का प्रार्थना का स्थान बदल लिया था या फिर शायद कोई ऐसा रास्ता अपना लिया था जहाँ से किसी के उसका पीछा करने की संभावना न हो ।

मुझे लगा यह तो मेरी सरासर हत्तक (अपमान) थी । नहीं, बच्चू, तुझे ऐसे ही नहीं छोड़ दूँगा ।

बाद के कई दिन लंच के बाद मैं 'चैम्बर ऑफ कॉमर्स बिल्डिंग' के चक्कर काटता रहा । मैंने पाया कि पेसी लालकाका ने अब दफ्तर आने का रास्ता बदल लिया था ।

मैंने उसके दफ्तर के नंबर पर फोन मिलाने की कोशिश की । पर वह फोन कभी खुद उठाता ही नहीं था और मैं उसके सेक्रेटरी की मध्यस्थता से उससें बात करना नहीं चाहता था । मैंने उसे घर पर ही पकड़ने की कोशिश की । यहाँ भी फोन या तो उसका नौकर उठाता या

उसकी बीवी या बेटी । हर बार वे मेरा नाम पूछते और हर बार मैं 'फिर रिंग कर लूँगा' कहकर रह जाता । मुझे कभी इतना खयाल ही नहीं आया कि वह कमबख्त 'बांबे टेलीफोन्स' को अपने आने वाले फोन कालों पर नजर रखने की हिदायत भी दे सकता था ।

पारसियों का नया साल आया—नवरोज । उस दिन सिर्फ पारसियों के लिए ही छुट्टी थी । मुझे लग रहा था कि आज पेसी लालकाका अवश्य नियत समय पर अपनी राह देखते भिखारियों को भीख देने 'डैडीसेठ फायर टेंपल' में आएगा । हमेशा की तरह मैं बगल वाले बुकस्टॉल पर खड़ा किताब उलटने-पुलटने में लगा रहा । आँखें रह-रहकर 'फायर टेंपल' के फाटक की ओर उठ जातीं । तभी मैंने लक्ष्य किया कि मेरे करीब ही खड़ा एक और आदमी भी किताबों के पन्ने उलट-पुलट रहा था । और उसकी आँखें लगी थीं मुझ पर ।

'फायर टेंपल' के बाहर भिखारियों की भीड़ जमा हो चुकी थी । पारसी सज्जनगण अपने परंपरागत पहनावों में आ-जा रहे थे । झक सफेद कलफ चढ़ी कमीजें और पतलूनें । मखमल की काली टोपियाँ । औरतों ने पारसी ढंग से साड़ियाँ पहन रखी थीं । फाटक के पास खड़े चंदन की लकड़ी का बना सामान बेचने वालों की चाँदी थी । खूब बिक्री हो रही थी उनकी ।

मेरा अनुमान ठीक निकला । पेसी लालकाका भी आया था । पर साथ में उसकी बीवी और बेटी भी थी । पूरे के पूरे दूध-धुले सफेद लिबास में वह बिलकुल फर्क लग रहा था । उसकी बाँह अब स्लिंग में नहीं लटक रही थी । लेकिन उसके दोनों हाथ व्यस्त थे । दायाँ हाथ उसने पत्नी के कंधे पर धर रखा था और बायाँ बेटी ने थामा हुआ था, 'फायर टेंपल' की सीढ़ियाँ उतरने में उसकी मदद करने को । नवरोज पर पेसी लालकाका नहीं, वरन् मिसेज लालकाका ने भिखारियों को सिक्के देना शुरू किया । कई भिखारी बढ़-बढ़कर कहने लगे कि साहब को तो कई दिनों से देखा ही नहीं । कइयों ने उसके स्वास्थ्य के बारे में जिज्ञासापूर्ण प्रश्न पूछने शुरू किए ।

वे तीनों मेरी तरफ पीठ करके दफ्तर की ओर बढ़ने लगे । मैंने गौर किया कि मिस्सी बाबा ने छींट की स्कर्ट पहन रखी थी । गदराई पिंडलियाँ, क्या ही गजब के नितंब थे । कूल्हे नृत्य की लय में मानो ऊपर-नीचे हो रहे थे । अपने हाथ की पत्रिका वहीं छोड़ मैं उनके पीछे हो लिया । फुटपाथ की रेंगती हुई भीड़ में उनका अनुसरण करना खासा ढीला-ढाला काम था । मिस्सी बाबा के कूल्हों पर निगाहें गड़ाए मैं उसके पीछे-पीछे चला जा रहा था । भीड़ की भिनभिनाहट से कान फटे जा रहे थे । हमारे रास्ते भी अब अलग होने ही वाले थे । मैं बड़ी उल्लसित मनोवस्था में था । ऐसा मौका फिर कब हाथ लगने वाला था । मिस्सी बाबा को छूने की उत्कट इच्छा ने मेरे विवेक को निगल डाला था । मैंने अपनी चाल तेज की । मिस्सी बाबा के करीब पहुँचकर जैसे ही मैंने अपने दाएँ हाथ से उसके कूल्हे पर प्यार भरा स्पर्श धरा, मेरे पीछे से एक आवाज उभरी, "बॉटम-पिंचर ।" मैंने घबराकर पीछे मुड़कर देखा । वही व्यक्ति था जो मेरे साथ किताबों की दुकान पर खड़ा था । उसने मुझसे मुखातिब होते हुए कहा, "मेरे साथ पुलिस स्टेशन चलो !" फिर लालकाका को संबोधित करते हुए कहा, "प्लीज फॉलो अस ! आप

भी हमारे पीछे आइए ।"

अगर मैं उस वक्त किसी तरह की आनाकानी करता तो हो सकता था भीड़ मुझे हाथो-हाथ ले लेती । लेकिन अपने आप को बेकसूर साबित करने की कोशिश करते हुए मैंने पुलिस वाले को मामला समझाने की कोशिश की । वह तो सुनने को राजी ही नहीं था । पुलिस वाला बोला, "अजी, आपको पता चलेगा अभी तो । मैं कई दिनों से आप पर निगाह रख रहा हूँ ।"

मैं क्या करता ! हलाल होने के लिए जा रहे बकरे की तरह उसके पीछे-पीछे चला जा रहा था ।

मैं भी कैसा बेवकूफ था । लोग क्या कहेंगे, जब अखबारों में यह सब पढ़ेंगे तो ? कहेंगे, "किसे पता था कि ऐसा आदमी है वह बुड्ढा ?···लम्पट कहीं का !···इस उम्र में वैसे कुछ लोग इस तरह के हो जाते हैं···" वगैरह-वगैरह । हो सकता है मेरी नौकरी भी जाती रहे । सारी कमेटियों की सदस्यता से बर्खास्त कर दिया जाऊँगा । क्लब की मेम्बरशिप से भी हाथ धोना पड़ेगा । लोगों को मुँह तक दिखाने के काबिल नहीं रहूँगा । जी में आया, खुदकुशी ही कर लूँ । या फिर, सोचा, बंबई छोड़कर कहीं चला जाऊँगा । संन्यासी बन जाऊँगा और जिंदगी के बाकी दिन हिमालय पर किसी साधु-महात्मा के आश्रम में बिता डालूँगा ।

पुलिस स्टेशन पर मुझे सहज होने का कुछ अवसर मिला । सब-इंस्पेक्टर ने मेरा बयान दर्ज करने के लिए पीले रंग का एक बड़ा-सा रजिस्टर खोला । मैंने कहा, "मुझे कुछ नहीं कहना । मुझे तो यही समझ में नहीं आ रहा है कि यह सब क्या हो रहा है । आखिर मामला क्या है ? आपको बड़ी भारी गलतफहमी हुई लगती है ।"

उस महानुभाव पर कोई असर नहीं पड़ा । वह बोला, "कोई गलतफहमी नहीं हुई है । नो मिस्टेक, सर ! हम आपके टेलीफोन कॉल भी चेक करते रहे हैं । और अभी तो मैंने आपको रंगे हाथों पकड़ा है । चुपचाप सब उगल दीजिए, जनाब···"

मैंने कुछ भी उगलने से साफ इन्कार कर दिया । वह फिर बोला, "अगर आप अपने वकील की सलाह लेना चाहें तो उसे बुला सकते हैं । नहीं तो मैं आपको मजिस्ट्रेट के सामने उपस्थित करूँगा ।"

"मुझे किसी वकील-शकील से नहीं मिलना," मैंने जवाब दिया, "लेकिन मैं मिस्टर लालकाका से मिलना जरूर चाहूँगा ।"

"ओहो, तो आप कबूल करते हैं कि आप उनको जानते हैं," इंस्पेक्टर ने अपने आप में ही मुसकराते हुए मुझ पर व्यंग्य कसा और अपने रजिस्टर में कुछ दर्ज किया ।

"तब तो आप मिस लालकाका से भी मिलना चाहेंगे," उसने मेरी मसखरी करते हुए कहा, "वही तो असली गवाह हैं आपकी करतूतों की ।"

मेरे लिए अब और सहना नामुमकिन होता जा रहा था । मुझे अपने गुस्से पर काबू न रहा था, "क्या उसकी पीठ पर आँखें लगी हैं जो वह बता देगी कि किसने उसके कूल्हों को छूआ था ?"

"ओहो, तो आपने यह भी कबूल कर लिया कि किसी ने उसके कूल्हों को छुआ था ।" वह और अधिक प्रफुल्लित दिखने लगा । उसने अपने रजिस्टर में कुछ और जोड़ा । मैंने अपने गले में एक और फंदा डाल लिया था । अब मैंने अपने आप को छुड़ाने की चाल चली, "नहीं, मैं मिस लालकाका को नहीं, मिस्टर लालकाका को मिलना चाहता हूँ । लड़की के पिता को ।"

"क्यों ? उनका इस केस से क्या संबंध ?"

"अगर उन्होंने आपसे शिकायत की है कि मैं उन्हें परेशान करने में लगा हूँ तो उसके लिए मैं उनकी गलतफहमी दूर करना चाहता हूँ । जी हाँ, उन्हें गलतफहमी ही हुई है ।"

"मिस्टर लालकाका को इसमें मत खींचो । वे एक प्रतिष्ठित-इज्जतदार आदमी हैं ।"

"मैं भी हूँ," मैं भी ढिठाई से अड़ा रहा, "मैं भी उतना ही प्रतिष्ठित हूँ जितना कि वे…"

हम एक-दूसरे को घूरते बैठे रहे । अगर मेरी इज्जत मिट्टी में मिलने वाली थी तो मेरे साथ लालकाका की भी क्यों न मिलती । कुछ देर के बहस-मुबाहसे के बाद सब-इंस्पेक्टर मान गया । उसने अपनी मेज पर पड़ी घंटी बजाई । एक कांस्टेबल अंदर आया । सब-इंस्पेक्टर ने हुक्म दिया, "साहब को भीतर बुला लाओ ।"

कुछ देर बाद, कांस्टेबल वापस आया और उसने इंस्पेक्टर के कानों में कुछ फुस-फुसाया । दोनों एक साथ रिपोर्टिंग-रूम से बाहर निकल गए । मुझे बाहर से पेसी लालकाका और सब-इंस्पेक्टर की बातचीत की आवाजें सुनाई दे रही थीं, लेकिन साफ-साफ नहीं । कुछ अस्फुट-सी बातें मेरी पकड़ में आईं, "कबूल करना…वॉटर टाइट केस…राजी नहीं हो सकता…" और फिर एक लंबी चुप्पी ।

सब-इंस्पेक्टर वापस आ गया और अपनी कुर्सी पर बैठ गया ।

उसने मुझे घूरते हुए बोलना शुरू किया, "इस बार तो मैं आपको चेतावनी देकर छोड़ रहा हूँ । लेकिन अगर फिर कभी दोबारा आपको ऐसी हरकत करते पाया गया या इज्जतदार लोगों को परेशान करते देखा गया तो, बताए देता हूँ सीधे जेल की हवा खानी पड़ेगी ! जाइए ! अब आप जा सकते हैं ।"

मैं अपने आपको बेकसूर साबित करने के चक्कर में अपनी त्रासदी बढ़ाना नहीं चाहता था । धीरे से उठा और कमरे से बाहर निकल आया ।

क्रीम रंग की मर्सिडीज बैंज पुलिस स्टेशन के बाहर लगी हुई थी । उस तरफ से गुजरते हुए मैंने अपना मुँह दूसरी ओर मोड़ लिया । तभी सुना कोई पीछे से पुकार रहा था, "जेंटलमैन, जेंटलमैन !"

पेसी लालकाका ही था ।

पर यह पेसी तो खासा गमगीन दिख रहा था ।

"जेंटलमैन," उसने नर्म आवाज में कहा, "आइए, आपको कहीं छोड़ दूँ ।"

मरणोपरांत

सन् उन्नीस सौ पैंतालीस की एक शाम ! मुझे बुखार है । मैं बिस्तर में पड़ा हूँ । पर कोई घबड़ाने वाली बात नहीं है, बल्कि बिलकुल ही घबड़ाने वाली बात नहीं, क्योंकि मुझे मेरे हाल पर ही छोड़ दिया गया है । मेरे पास मेरी तीमारदारी के वास्ते कोई बैठा भी नहीं है । पर अगर मेरा बुखार अचानक ही बढ़ जाए ? अगर मैं मर ही जाऊँ ? तो मेरे दोस्तों का क्या होगा ? एक-दो नहीं, सैकड़ों दोस्त हैं मेरे । इतना मानते हैं सब मुझको । पता नहीं, अखबार वाले भी क्या-क्या लिखेंगे मेरे मरने पर ! यह कभी हो सकता है कि वे मेरे बारे में न लिखें । 'ट्रिब्यून' तो शायद अपने मुखपृष्ठ पर ही मेरी एक छोटी फोटो के साथ यह खबर छाप दे । सुर्खियों में छपा होगा— 'सरदार खुशवंतसिंह का स्वर्गवास'—और फिर छोटे प्रिंट में शेष खबर इस प्रकार होगी—

"शोक के साथ बताना पड़ रहा है कि गत शाम 6 बजे सरदार खुशवंतसिंह का आकस्मिक निधन हो गया । अपने पीछे वे अपनी युवा पत्नी, दो छोटे बच्चों और अनगिनत मित्रों और प्रशंसकों को रोता-बिलखता छोड़कर चले गए । आपको याद दिला दें कि वे अपने स्थायी निवास-स्थान दिल्ली से लगभग पाँच वर्ष पूर्व लाहौर में आकर बस गए थे । इन्हीं सालों के दौरान उन्होंने न्यायालय तथा राजनीति में अपना एक विशेष स्थान बना लिया था । सारे सूबे में उनके निधन पर शोक मनाया जाएगा ।

स्वर्गवासी सरदार जी के निवास-स्थान पर शोक व्यक्त करने के लिए आने वाले लोगों में मुख्य थे—प्रधानमंत्री के निजी सहायक, मुख्य न्यायाधीश के निजी सहायक, अनेक मंत्री तथा हाई कोर्ट के न्यायाधीशगण ।

संवाददाताओं को दिए गए अपने वक्तव्य में माननीय मुख्य न्यायाधीश ने कहा—'इस व्यक्ति के निधन से पंजाब ने भविष्य का एक चमकदार सितारा खो दिया' ।"

खबर के नीचे एक घोषणा होगी—

"अंत्येष्टि आज सुबह दस बजे होगी ।"

मुझे अपने दोस्तों और अपने आप पर तरस आने लगा । अपनी ही मौत पर बहते हुए अपने आँसुओं को मैं बमुश्किल रोक लेता हूँ । लेकिन अपने आप में एक अजीब-से गर्व का अनुभव भी कर रहा हूँ और चाहता हूँ कि लोग मेरा मातम मनाएँ । शाम हो गई है । अब तक सब अखबार वालों को मेरी मौत की खबर लग चुकी होगी । सो, मैं अपने मुर्दे में से निकलकर बाहर आता हूँ । घर की संगमरमर की ठंडी सीढ़ियों पर मरणोपरांत गरिमा में भरा लोगों की दृष्टि से ओझल हुआ बैठ जाता हूँ ।

खुशवंत सिंह

सवेरे अखबार मुझे अपनी बीवी से पहले ही मिल जाता है । छीना-झपटी के बखेड़े का सवाल ही नहीं था, मैं तो दरवाजे के बाहर ही बैठा हुआ था । वैसे भी मेरी बीवी को अखबार का खयाल ही कहाँ था ? वह तो बेचारी मेरी लाश के चक्कर लगा रही थी ।

'ट्रिब्यून' ने मेरे साथ बुरा किया । पृष्ठ तीन पर पहले कॉलम में सबसे नीचे अवकाश-प्राप्त सरकारी अफसरों की मृत्यु-संबंधी सूचनाओं में एक छोटे-से कोष्ठक में मेरा नाम था, बस ! मुझे बहुत गुस्सा आया । जरूर उस बकवासी, विशेष संवाददाता—शफी की करतूत होगी । उसे मैं कभी अच्छा ही कहाँ लगता था । पर इतना तो नहीं सोचा था कि मरने के बाद मुझे थोड़ी-सी अहमियत देने से भी कतरा जाएगा । जो भी हो, पूरे सूबे में मेरी मौत से फैली दुख की लहर को वह अपने अखबार तक पहुँचने से नहीं रोक सकेगा । मेरे दोस्त इसका पूरा बंदोबस्त करेंगे ।

हाई कोर्ट के पास अखबार जल्दी पहुँच जाते हैं । मेरे वकील दोस्त कादिर के घर तो सुबह होने से पहले ही । ऐसा नहीं है कि कादिर लोग बहुत जल्दी उठ जाते हों । बल्कि, नौ बजे से पहले तो उस घर में कोई हिलता भी नहीं । पर कादिर उसूलों का पक्का है और अखबार उसके पास सवेरे-सवेरे पहुँच ही जाना चाहिए, भले ही वह उसे देखे या न देखे ।

हमेशा की तरह कादिर और उसकी बीवी नौ बजे तक बिस्तर में ही थे । रात देर तक काम करता रहा था । बीवी को को तो वैसे भी सोने का शगल था । ट्रे में रखकर अखबार लाई । साथ में गर्म नींबूपानी का गिलास भी । सिगरेट के कशों के बीच कादिर गर्म पानी की चुस्कियाँ लेता रहा । कब्ज की शिकायत के कारण यह उसका रोज का काम था । बिस्तर पर लेटे-लेटे ही उसने सुर्खियों पर नजर डाली । असली अखबार तब पढ़ता था जब सिगरेट और नींबू अपना काम कर रहे होते । मेरी मौत की खबर उसके शौचालय जाने की मोहताज थी ।

तो कादिर का शौचालय जाने का वक्त आ ही गया । एक हाथ में अखबार है, होंठों में सिगरेट दबी है । सीट पर आराम से बैठ गया है । अखबार पर अच्छी तरह नजर डालता है । पहले छोटी-मोटी खबरों पर ध्यान जाता है । पृष्ठ तीन के पहले कालम पर नजर पड़ते ही क्षण-भर को सिगरेट पीना रोक देता है । सोचता है कि क्या उठकर बीवी को खबर सुनाए ? नहीं, नहीं । यह ठीक नहीं लगेगा । दिखावटीपन लगेगा । कादिर तर्कवादी इंसान था । शादी के बाद तो और भी हो गया था । बीवी जो भावुक और बात-बात पर तूफान उठाने वाली मिली थी । अब तो दोस्त बेचारा मर ही गया, किया भी क्या जा सकता है । बीवी को बताया तो अभी रोना-धोना मचा देगी । इसलिए उसे तो खबर इस तरीके से देनी होगी, जैसे कुछ खास न हुआ हो, बस एक मुकदमे में हार हो गई हो ।

कादिर अपनी औरत को जानता था । उसने उसे सरसरी तौर पर बताया । जैसा उसे अनुमान था, सुनते ही वह जोर-जोर से रोने लगी । उसकी दस साल की बच्ची कमरे में भागी आई । माँ को रोते देख, बिना सोचे-समझे उसने भी रोना शुरू कर दिया । कादिर ने सोच लिया कि अब कड़ाई बरतनी पड़ेगी ।

उसने जोर से कहा, "यह सब हो-हल्ला क्यों मचा दिया है ? इससे क्या जाने वाला लौटकर आ जाएगा ?"

बीवी को पता था कि उससे बहस करना बेकार है । जीत तो उसी की होनी थी । वह बोली, "सुनो, हमें अभी तुरंत उनके घर चलना चाहिए । उनकी बीवी बेचारी पर क्या गुजर रही होगी ?"

कादिर ने कंधे झटका दिए, "भई, मेरे तो बस की बात नहीं । तसल्ली तो मैं भी देना चाहता हूँ उसकी बीवी को, यानी बेवा को, पर मेरे मुवक्किलों की तरफ मेरा फर्ज पहला आता है । मुझे कोर्ट में आधे घंटे के अंदर ही पहुँचना है ।"

तो कादिर सारा दिन कोर्ट में रहा और उसकी बीवी घर पर ।

शहर के बड़े पार्क के पास ही मेरा एक और दोस्त खोसला रहता है । ऊँचे तबके के मुहल्ले में मकान है । परिवार में बीवी, तीन बेटे और एक बेटी है । पेशे से जज है और दफ्तरशाही में खासा रोब-रुतबा और नाम है ।

खोसला जल्दी उठने वालों में है । जल्दी उठता ह, क्योंकि यही एक वक्त है जो उसका अपना होता है । दिन-भर न्यायालय में काम करता है । शाम को टेनिस खेलना जरूरी है । इसी वक्त थोड़ी देर बीवी और बच्चों के साथ भी गुजारनी होती है । उसके यहाँ मिलने-जुलने वाले भी बहुत आते हैं, काफी लोकप्रिय व्यक्ति हैं । महत्त्वाकांक्षी थी । बचपन से उसे अपनी तेज-तर्रारी का एहसास था । छोटी उम्र में ही उसके बाल झड़ने शुरू हो गए थे और माथा काफी दूर तक गंजा हो चुका था । शायद कुदरत ने उसके इस रूप के द्वारा उसके प्रतिभाशाली होने की पुष्टि की थी । जितना ज्यादा वह शीशे में अपने गंजे सिर को देखता, उतना ही अधिक आश्वस्त होता रहता कि वह जीवन में कुछ असाधारण करने वाला है । इसलिए वह कसकर मेहनत करने लगा । उसने छात्रवृत्तियाँ जीतीं । प्रशासनिक सेवाओं की परीक्षा में सबसे अव्वल आया । देश में होने वाली कड़ी-से-कड़ी प्रतियोगी परीक्षाओं में ऊँचे-ऊँचे स्थान प्राप्त कर उसने अपने आत्म-विश्वास को और भी पुष्ट कर लिया । कुछ सालों तक वह अपनी नौकरी और अपने आप से पूर्ण संतुष्ट होकर जीता रहा । यहाँ तक कि उसे पूरा भरोसा हो चुका था कि वह अपने जीवन में पूरी तरह सफल सिद्ध हुआ है । लोग तो ऐसा कहते ही थे ।

कुछ सालों बाद उसे लगा कि यह सब महज एक फरेब था । जितनी बार वह अपने गिने-चुने बालों में कंघी करता और अपने गंजे सिर पर हाथ फेरता, उसे महसूस होता कि अभी काफी कुछ बाकी है, जो वह हासिल न कर सका था । उसके जैसे हजारों प्रशासनिक अधिकारी थे । सभी अपने-अपने जीवन में सफल कहलाते थे । सिविल सर्विस ही सब कुछ नहीं थी । उसे कुछ और भी करना चाहिए । वह लिखना शुरू करेगा । उसे मालूम था कि लिखने की काबिलीयत उसमें है । सो खोसला ने लिखना शुरू कर दिया । अच्छा लिखने के लिए उससे पढ़ना भी

शुरू किया। एक बड़ा-सा पुस्तकालय जमा कर बाकायदा दफ्तर जाने से पहले कुछ वक्त वहाँ बिताने लगा।

आज सुबह भी खोसला लिखने के मूड में लग रहा था। उसने अपने लिए एक कप चाय बनाई और आराम से अपनी कुर्सी पर बैठ गया। पेंसिल मुँह में दबाकर सोचना शुरू किया। समझ में नहीं आ रहा था कि क्या लिखे। तब सोचा, चलो अपनी डायरी ही लिख डाले। कल का दिन एक जरूरी मुकदमे की सुनवाई में बीता था। मुकदमा कुछ दिन और चलने वाला था। अदालत ठसाठस भरी हुई थी और लोगों की निगाहें उसी पर जमी थीं। यह विषय ठीक जम रहा था। उसने इसी विषय पर लिखना शुरू कर दिया।

अखबार लेकर आए नौकर के खटखटाने से उसका क्रम टूटा। अखबार खोला—चलो, व्यावहारिक जीवन की सच्चाइयों पर भी कुछ नजर डाल लें।

खोसला को राष्ट्रीय और अंतर्राष्ट्रीय महत्त्व के विषयों से ज्यादा रोचक लगती थीं सामाजिक किस्म की खबरें, शादी-ब्याह, जन्म-मृत्यु वगैरह की सूचनाएँ। उसने सीधे ही पृष्ठ तीन खोला। पहले कालम पर नजर पड़ते ही वह तनकर बैठ गया।

नोटबुक में पेंसिल फँसाकर, खाँसते हुए उसने अपनी श्रीमतीजी को खबर सुनाई। जंभाई लेकर श्रीमती जी ने अपनी लंबी स्वप्निल पलकें खोलीं।

"तब तो आज हाई कोर्ट बंद रहेगा," वह बोलीं।

"हाई कोर्ट ऐसे ही छोटी-मोटी बातों पर बंद नहीं होता। मैं जा रहा हूँ। अगर मुझे वक्त मिला तो रास्ते में उनके यहाँ थोड़ी देर हो आऊँगा या फिर हम लोग इतवार वाले दिन चले चलेंगे।"

खोसला लोग नहीं आए। और भी कितने ही दोस्त-यार मेरी मातमपुरसी के लिए नहीं आए। और मैं था कि यही सोच-सोचकर बेहाल हुए जा रहा था कि बेचारे मेरी मौत की खबर सुनकर कितने दुखी हुए होंगे।

दस बजे के करीब मेरे घर के सामने थोड़ी-सी भीड़ इकट्ठी हो गई। इसमें ज्यादातर ऐसे लोग थे, जिनके आने की मैंने कल्पना नहीं की थी। अदालत के लिबास में कुछ वकील थे और बाकी के थे तमाशबीन। मेरे दो दोस्त भी आए हुए थे, पर वे भीड़ से थोड़ा दूर होकर खड़े थे। एक तो कलाकार-सा दिखता था, पतला-सा, लंबा-सा। एक हाथ में सिगरेट थामे था और दूसरे से अपनी लंबी जुल्फों को बार-बार पीछे कर रहा था। लेखक आदमी था। अंत्येष्टि वगैरह में हिस्सा लेने जैसी बातों पर उसकी कोई आस्था नहीं थी। पर सामाजिक दायित्वों को निभाने के लिए ऐसे मौकों पर शक्ल तो दिखानी ही पड़ती है। वह नाक-भौं सिकोड़ रहा था। मुर्दे से दूर ही रहना चाहिए, कहीं छूत-वूत लग जाए तो! सो लगातार सिगरेट पीते हुए उसने अपने और बाकी लोगों के दरमियान धुएँ की दीवार खड़ी कर ली।

दूसरा दोस्त कम्युनिस्ट था, नाटा-सा, घुँघराले बालों वाला, खुर्राट-सी किस्म का इंसान। उसे देखकर लगता नहीं था कि भीतर कितना बड़ा ज्वालामुखी दबाए रखते हैं ये लोग। वह

हरेक चीज को मार्क्सवादी नजरिए से देखने का आदी था। भावनाओं की उसके लिए कोई अहमियत नहीं थी। मौत वगैरह तो बिलकुल गैर-मामूली किस्म की बातें थीं। जो बात अहमियत रखती थी, वह थी किसी चीज का उद्देश्य। उसने धीरे से लेखक से पूछा—

"तुम कहाँ तक साथ चलोगे ?"

"मैं तो सोचता हूँ कॉफी हाउस तक चला चलूँ। तुम्हारा क्या खयाल है ? क्या श्मशान घाट तक जाओगे ?"

"नहीं, यार," कम्युनिस्ट बोला, "असल में मुझे तो दस बजे एक मीटिंग में जाना था। मैं तो सोच रहा था यहाँ से साढ़े नौ बजे तक फारिग हो जाऊँगा। पर तुम जानते हो, हमारे देश के लोगों को वक्त की जरा भी कद्र नहीं है। अच्छा फिर, अभी तो मैं अपनी पार्टी के दफ्तर में जा रहा हूँ। साढ़े ग्यारह के करीब तुमको कॉफी हाउस में मिलता हूँ। अगर मौका मिले तो, यार, जरा मुर्दागाड़ी वाले ड्राइवर से पूछना कि वह ताँगे वालों की यूनियन का मेंबर है कि नहीं ? चलता हूँ..."

थोड़ी देर बाद मुर्दागाड़ी मेरे दरवाजे पर आ पहुँची। सींकिया-सा भूरे रंग का घोड़ा जुता हुआ था। घोड़े और उसके मालिक को मौके की गंभीरता से कोई सरोकार नहीं था। कोचवान पान चबाता आराम से बैठा था और भीड़ को ताक रहा था। अंदाजा लगा रहा था कि इनमें से किसी से बख्शीश वगैरह मिलने की उम्मीद है कि नहीं ? घोड़े ने वहीं पर मूतना शुरू कर दिया। ईंटों के फर्श पर छितरती धार के छींटों से बचने के लिए भीड़ थोड़ी छितर गई।

लोगों को ज्यादा देर तक रुकना नहीं पड़ा। मेरा शव सफेद कपड़े में लपेटकर नीचे लाया गया और शवयान में रख दिया गया। कुछ थोड़े-से फूल भी अर्थी के ऊपर डाल दिए गए। अब जुलूस कूच के लिए तैयार था।

हमारे रवाना होने से पहले एक और दोस्त अपनी साइकिल लेकर पहुँचा। देखने ही से लग रहा था कि कोई धीर-गंभीर प्रोफेसर है। रंगत में थोड़ा साँवला, जिस्म से जरा थुलथुल। साइकिल के कैरियर पर कई किताबें दबी हुई थीं। अर्थी से युक्त शवयान को देखते ही वह साइकिल से उतर गया। मृतकों के लिए उसके मन में बड़ी श्रद्धा थी और वह बेखटके जाहिर भी करता था। साइकिल को हॉल कमरे में रखकर उसे चेन लगा दी। फिर निश्चिंत होकर भीड़ में आ मिला। जब मेरी पत्नी मुझे आखिरी बार विदा करने आई तो बेचारे की आँखें भर आईं। अपनी जेब से एक छोटी-सी किताब निकालकर उसके पन्ने पलटने लगा और भीड़ को छाँटता हुआ मेरी पत्नी की ओर बढ़ा। भीगी आँखों से उसने वह किताब मेरी बीवी को भेंट कर दी—

"मैं आपके लिए गीता की यह प्रति लाया हूँ। इससे आपको शांति मिलेगी।"

भावनाओं के वशीभूत हो अविरल बहते आँसुओं को पोंछने के लिए वह पीछे हुआ और आह भरते हुए अपने आप में ही बुदबुदाने लगा—

"यही मानव-जीवन का अंत है। यही सत्य है।"

सामान्य उक्तियों को दोहराते रहने का उसे शौक था। लेकिन उसकी नजर में बार-बार

दोहराई जाने वाली इन सामान्य उक्तियों की भी अपनी अहमियत थी, अपनी अलग ही मौलिकता।

वह मन-ही-मन बोला, "मानव-जीवन पानी के बुलबुले के समान है। बुलबुले की तरह ही क्षणिक !"

'लेकिन कोई मरकर समाप्त नहीं हो जाता। पदार्थ कभी अपदार्थ नहीं होता। केवल रूप बदलता है। गीता में कितने सुंदर तरीके से कहा है—

वासांसि जीर्णानि यथा विहाय,
नवानि गृहणाति नरोपराणि।
तथा शरीराणि विहाय जीर्णानि,
अन्यानि संयाति नवानि देही॥

प्रोफेसर अपने ही ध्यान में खोने लगा। सोच रहा था कि उसके मित्र ने अब कौन-सा नया कपड़ा पहना होगा।

तभी पैरों के बीच उसे कुछ हलचल महसूस हुई। एक छोटा कुत्ता प्रोफेसर के पैरों के बीच फुदकता हुआ उसकी पतलून को चाट रहा था। आदमी दयालु किस्म का था। उसने झुककर कुत्ते को थपथपाया और अपने हाथ चटवाने लगा।

प्रोफेसर बेचैन-सा लगने लगा। उसका मन फिर भटक रहा था। उसने लाश को देखा और फिर पैरों के बीच खेलते छोटे झबरैले कुत्ते को। आखिर यह कुत्ता भी तो ईश्वर की ही सृष्टि है···

वासांसि जीर्णानि यथा विहाय···

'नहीं, नहीं। ऐसा नहीं हो सकता। उसे अपने मन में ऐसे खयाल नहीं लाने चाहिए। फिर भी पता नहीं क्यों बार-बार ऐसे अशोभनीय विचार उसके मन में उठ रहे हैं ? यह कोई अनहोनी बात नहीं है। गीता में तो कहा भी है···' वह फिर नीचे झुका और कुत्ते को अतिरिक्त स्नेह के साथ थपथपाने, दुलराने लगा।

जुलूस आगे बढ़ रहा था। शीशे के शवयान में लेटा मैं सबसे आगे था। पीछे-पीछे कोई दर्जन-भर लोग चल रहे थे। जुलूस नदी की ओर बढ़ चला।

मुख्य मार्ग को पार किया तो देखा, सारे लोग मेरा साथ छोड़ चले गए हैं। वकील तो हाई कोर्ट के पास से ही मुड़ गए। मेरा लेखक मित्र सिगरेट पीता हुआ कॉफी हाउस के पास जाकर रुका। स्थानीय कॉलेज के पास पहुँचकर प्रोफेसर ने भी मुझे आखिरी बार मोहभरी दृष्टि से देखा और कक्षा की ओर जाती डगर पर बढ़ गया। बाकी बचे हुए भी जिला-अदालतों तक पहुँचते-पहुँचते अदृश्य हो गए।

मैं अपने आपको नगण्य महसूस करने लगा। मुझसे भी गए-बीते लोगों के जनाजे में भीड़ की भीड़ जाती है। म्यूनिसिपैलिटी की गाड़ी में लदी हुई भिखारी की लाश को कम-से-कम दो जमादार खींचकर ले जाते हैं। मुझे खींचने वाला सिर्फ एक ही ड्राइवर था और वह भी

उस व्यक्ति के अस्तित्व की महानता से बेखबर, जिसकी लाश को वह उसकी अंतिम यात्रा के लिए ले जा रहा था। और रही घोड़े की बात ! तो घोड़े की गुस्ताखी का बखान न ही करें तो अच्छा।

श्मशान भूमि का रास्ता दुर्गंध के विभिन्न मुकामों से होकर गुजरता था। चरम सीमा तो तब आई जब मुख्य सड़क को छोड़कर श्मशान घाट की तरफ जाने वाली सँकरी सड़क पर पहुँचे। शहर की तमाम गंदगी और मैले से भरा इकलौता नाला इसी सड़क के साथ-साथ बहता था। नाले की थमी हुई काली-गंदी सतह पर लगातार बुलबुले उठ रहे थे।

खुशकिस्मती से मुझे मौका दिया गया कि मैं अपनी मौत के बाद मिलने वाले महत्त्व के संबंध में अपनी गलतफहमियों पर एक बार फिर विचार कर लूँ। ड्राइवर ने श्मशान घाट की ओर मुड़ने वाली सड़क पर एक विशाल पीपल के पेड़ के तले मुर्दागाड़ी को जा रोका। यह ताँगों का अड्डा है। यहाँ घोड़ों के पानी पीने के लिए एक नाँद भी है। घोड़े को पानी पीने के लिए छोड़कर ड्राइवर दूसरे ताँगे वालों के पास बीड़ी सुलगाने चला गया।

ताँगे वालों ने अर्थी के पास आकर घेरा डाला और ताक-झाँक करने लगे।

एक ने कहा, "अमाँ, अमीर आदमी लगता है।" दूसरे ने पूछा, "इसके साथ को तो कोई भी नहीं है ? अरे, क्या यह भी कोई अंग्रेजी रीति-रिवाज है कि जनाजे के साथ कोई न जाए ?"

अब तक मैं पूरी तरह से तंग आ चुका था। मेरे पास तीन रास्ते थे। एक तो था कि सीधे श्मशान घाट चला जाऊँ और वहाँ पहुँचने वाले बाकी लोगों की तरह अपने आपको लपटों के हवाले कर दूँ। जलकर हमेशा के लिए नेस्तनाबूद हो जाऊँ या फिर शायद किसी अन्य योनि में जन्म मिल जाए।

दाईं ओर से निकलती एक दूसरी सड़क शहर की तरफ जाती थी। इस सड़क पर वेश्याओं और अन्य बदनाम लोगों की बस्ती थी। शराबी, जुआरी और वेश्यागामी किस्म के इन लोगों की अपनी एक अलग ही दुनिया थी—तरह-तरह के सनसनीखेज अनुभवों से भरी।

तीसरा रास्ता था वापस अपने घर की ओर मुड़ जाने का। फैसला करना मुश्किल लग रहा था। ऐसे मौके पर सिक्का उछालकर 'टॉस' (निर्णय) करना ही काम आता है। इसलिए मैंने सिक्का उछालकर ही फैसला करने का निर्णय लिया। सीधा पड़ा तो मैं इस दुनिया को छोड़ दूसरी दुनिया की तरफ चल दूँगा। उलटा पड़ा तो सनसनीखेज अनुभवों की खोज में बदनामी बस्ती का रुख लूँगा। अगर न सीधा पड़ा, न उलटा और सिक्का अपने किनारे पर खड़ा ही हो गया तो मैं फिर अपनी उसी नीरस घिसी-पिटी जिंदगी में वापस लौट जाऊँगा जिसमें न तो कोई जोखिम है और न ही जीने के प्रति कोई उमंग या उत्कंठा।

□□

'दस प्रतिनिधि कहानियाँ' सीरीज़ की पुस्तकें

दस प्रतिनिधि कहानियाँ	*अज्ञेय*	दस प्रतिनिधि कहानियाँ	*अजितकुमार*
दस प्रतिनिधि कहानियाँ	*आलमशाह खान*	दस प्रतिनिधि कहानियाँ	*बल्लभ डोभाल*
दस प्रतिनिधि कहानियाँ	*बलराम*	दस प्रतिनिधि कहानियाँ	*भैरवप्रसाद गुप्त*
दस प्रतिनिधि कहानियाँ	*चन्द्रकान्ता*	दस प्रतिनिधि कहानियाँ	*गंगा प्रसाद विमल*
दस प्रतिनिधि कहानियाँ	*हृदयेश*	दस प्रतिनिधि कहानियाँ	*कमल कुमार*
दस प्रतिनिधि कहानियाँ	*काशीनाथ सिंह*	दस प्रतिनिधि कहानियाँ	*मधु कांकरिया*
दस प्रतिनिधि कहानियाँ	*ममता कालिया*	दस प्रतिनिधि कहानियाँ	*मनोहर श्याम जोशी*
दस प्रतिनिधि कहानियाँ	*मृदुला गर्ग*	दस प्रतिनिधि कहानियाँ	*नानक सिंह*
दस प्रतिनिधि कहानियाँ	*नरेन्द्र कोहली*	दस प्रतिनिधि कहानियाँ	*ओमप्रकाश वाल्मीकि*
दस प्रतिनिधि कहानियाँ	*फणीश्वरनाथ रेणु*	दस प्रतिनिधि कहानियाँ	*कुर्तुलऐन हैदर*
दस प्रतिनिधि कहानियाँ	*रवीन्द्र नाथ ठाकुर*	दस प्रतिनिधि कहानियाँ	*राजी सेठ*
दस प्रतिनिधि कहानियाँ	*रामदरश मिश्र*	दस प्रतिनिधि कहानियाँ	*रांगेय राघव*
दस प्रतिनिधि कहानियाँ	*रवीन्द्र कालिया*	दस प्रतिनिधि कहानियाँ	*सआदत हसन मंटो*
दस प्रतिनिधि कहानियाँ	*सुधा अरोड़ा*	दस प्रतिनिधि कहानियाँ	*सूर्यबाला*
दस प्रतिनिधि कहानियाँ	*तेजेन्द्र शर्मा*	दस प्रतिनिधि कहानियाँ	*उदय प्रकाश*
दस प्रतिनिधि कहानियाँ	*विजयदान देथा*	दस प्रतिनिधि कहानियाँ	*विधासागर नौटियाल*